呪われ姫の求婚

喜咲冬子

富士見Ｌ文庫

呪われ姫の求婚

もくじ

明緋《あけひ》
幼き頃に豊日国《とよひこく》より生贄として追放された女王。呪師《まじないし》として、北部の森で気ままに暮らしている。
那己彦《なみひこ》
明緋の住む森に迷い込んだ青年。迦実国《かみこく》の第五皇子と名乗り、明緋に求婚してくるが――？
マシロ
生後間もなく明緋に拾われ、ずっと一緒に過ごしている犬。穏やかで勇敢な性格。人助けが得意。

呪われ姫の求婚

イラスト◆mokaffe

登場人物紹介

キリ

豪族出身の娘。紫夕とともに女王を選ぶ神事〝星媛《ほしひめ》の試練〟に参加している。

貴久良《たかくら》

明緋と曾祖父を同じくする王族。王亡き後、仮王の座に就いている。明緋を慕っていた堅久良《かたくら》の弟。

紫夕《しゆう》

明緋の妹。生贄の姉を尻目に、父王から愛され育った。気性が荒く、予《かね》てより女王の座を狙っている。

天界の父神は　八柱の兄弟神に試練を課した
──もっともよき国を得た者に八千代の栄えを授けよう
菱石島《ひしいわじま》の西に下り立った戦神《いくさがみ》カミオヅチは　密《ひそ》かに兄神たちから命を狙われていた
企《たくら》みを知った沐浴《もくよく》中の女神タマモヒメは　素肌のまま鹿に乗り　それを知らせる
危機を脱したカミオヅチは　美しい女神に感謝し　天蚕《あまのかいこ》の絹衣《きぬごろも》を贈り求婚した
しかし女神の肌には　大蛇《おろち》が見初めた印《しるし》があった
カミオヅチは悪《あ》しき大蛇の首を裂き　東へと追いやる
こうして二柱は妹背《いもせ》となり　八千代の栄えを受ける国を建てた

第一幕　コタリの森の咒師

雪が、春の陽光を弾《はじ》いてキラキラと輝く。

昨夜の、季節外れの吹雪が嘘《うそ》のようだ。

空は高く、雲一つなく青い。

北部の冬は、長い。東部では桜の蕾《つぼみ》がふくらむ頃でも、丘の一面は真白いまま。

ウォン！　ウォン！

明緋《あけひ》は、顔につけた木の——赤と黒で彩色された——面を持ちあげた。

開けた視界を見渡せば、マシロの白い豊かな毛が、雪原をかき分けて進んでいく。

ウォン！

一際大きく、マシロが吠《ほ》えた。

マシロは、人を捜すのが上手《うま》い。犬の嗅覚とは鋭いものだ。このコタリの森で迷った人を見つけては、明緋に報《しら》せてくれる。

足を一歩一歩進めるうちに、明緋の目にも、人の頭らしきものが見えた。

マシロが、死人の場所を教えたことは一度もない。生きているはずだ。

(娘? こんな山奥にどうして……親とはぐれたのかしら)

結われていない長い髪は、雪にまみれてはいるが艶《つや》やかだ。

美しい、若い女。山奥の森には、珍しい迷い人である。

(あぁ、違う。娘じゃない。男だわ。……小さいけど)

ぐいと引き上げれば、うっすら喉ぼとけが見えた。小柄な男らしい。

「小さくて助かるわ。——これで九人目ね、マシロ」

しかし、ずいぶんと軽装だ。毛皮もなく、蓑《みの》一つ。雪山に入る者とも思えない。

明緋は、不思議な生き物を見ている気分になった。

(山の神が人助けの礼に来た——なんて話、神話なら定番なのに。現実には、そんな素敵な話はないわね。残念)

ごろりと転がすと、蓑の下に絹の着物が見える。そして——きらりと青い光を弾く、見事な宝剣。明緋は驚きに目を瞠《みは》った。

貴人である。間違いない。男か女かわからない風貌も、きっとその証《あか》しだろう。

(山の神じゃなかったけど、これは期待できそうだわ)

明緋は、ぎょろりとした目に、耳まで裂けた口が描かれた木面を下ろし、ふ、ふふ、と奇妙な笑い声を上げた。

「今日はいい日だわ」

相棒の白い背を撫《な》で、明緋は家路についたのだった。


パチッ、と囲炉裏で薪が爆《は》ぜた。

明緋は、小鍋で生薬を煮だしている。

粘度のある薬湯は、クックッと音を立て、独特な匂いが部屋に満ちていた。

囲炉裏の向こう側で、毛皮がモソモソと動き出す。

（よかった、戻ってきた）

常世への道は、行くに易《やす》く、戻るに難い。

このコタリの森で暮らして七年。助けた人は九人目。埋葬も、同じ数だけしてきた。

「う……うぅ……」

うなされた男は、一言、二言、寝言を言った。

――菱石島《ひしいわじま》、というのが、この島の名だ。

名のとおりに、菱《ひし》の葉に似た形をしている――らしい。故郷の学者は、神々が菱の葉を海に浮かべて作りたもうた、と教えてくれた。

菱、とは言うが、北は南の二倍あり、南は歪《いびつ》。東は小さく、西は東西に長いらしい。果たして菱というのが相応《ふさわ》しいのかどうか、明緋は知らない。

いつか確かめてみたいものだ。

七年前にこの森で迷った時、縁あって人に助けられた。その時神々に誓ったのだ。十の命を救うまで、この地に留《とど》まろう、と。

彼が助かれば九人目。そろそろ、先のことを考えてもいい頃だ。

ともあれ――この男は西部から来たらしい。以前助けた、西の商人と発音が近い。

(貴人なら、きっといろいろな話を知っているはず)

明緋の胸は、期待に高鳴る。

ふ、ふふ、と面の下で、唇は三日月の形になった。

昨年から今年にかけて、森で迷った北部の旅人と、南部出身の兵士から話を聞いている。ここに西部の旅人まで揃《そろ》うとは、なんとも運がいい。

戸口の傍《そば》で丸くなっていたマシロが、ふっと顔を上げる。

毛皮が大きくモゾモゾと動いたあと、ガバッと男は起き上がった。

凛々《りり》しい眉は形よく、大きな目は長い睫毛《まつげ》に縁どられている。愛らしい、娘のような容貌の男だ。目を開けると、いっそうその印象が強い。

「こ、ここは……」

身体《からだ》を起こした途端、明緋を見て硬直し「ひぃッ」と悲鳴を上げた。

男は半裸である。濡《ぬ》れた着物を脱がせ、毛皮で巻いて転がしておいたところを、勢いよく上半身だけ起こしているので当然だ。そこに関しても、彼は「ひぃッ」と悲鳴を上げて毛皮にくるまった。

それらの動作を立て続けに行ったあと、男は、明緋を凝視しだした。

「おはよう。調子はいかが？」

声をかけると、男はビクリと身体を竦《すく》ませた。

大きな目が、こぼれ落ちそうに見開かれている。

「しゃ、喋《しゃべ》る……のか？」

この反応にも、慣れたものだ。

明緋は、厳《いか》めしい木の面をつけ、狼《おおかみ》の頭を被《かぶ》っている。

狼の下顎を外した頭骨の上に、胸まである毛皮を被せてあった。ちょうど、顔が二つあるような形だ。

「喋るわ。――人だもの」

人である。母の腹から生まれ、十九歳のこの年まで生きてきた。

男の目は狼と木面を二往復し、本体が木面の下にあると判断したらしい。目線が、木面のぎょろりとした目のあたりに定まった。

呪師《まじないし》の伝統的な装束なのだが、目覚めた途端、命乞いをはじめる者も少なくない。

「人……女……か」

可憐《かれん》な風貌でも、声は男の声だ。

こくり、と明緋はうなずいた。

「呪師よ。薬湯をどうぞ」

明緋は、もそり、と狼の毛を揺らして立ち上がった。

煮だしていた薬湯を木椀《もくわん》に盛り、囲炉裏をぐるりと回って男に差し出す。

「な、なんなんだ、これは」

男は、気味の悪いものを見る目で薬湯を見ている。

薬湯を知らないわけではないだろう。西は大陸に近い分、他の地域より先進的だ。

北部の山人《やまびと》――山の狩猟民を、平地で農耕をする里人《さとびと》はそう呼ぶ――が、薬湯を作るのが意外なのかもしれない。

「ただの薬湯よ。――見てのとおり。変なものじゃないから安心して。冷えた身体によく効くわ」

明緋は、竹で編んだ籠に入れた根茎を、男に示した。ガヒの根と、スリの根茎。どちらも北部以外でも自生するものだ。

恐る恐る木椀を手にとった男は、今度は悲鳴を上げずに口をつける。

冷えた身体が、薬湯を求めているのだろう。一口飲んで、ほぉ、と深い息を吐いていた。

そして、二口めを飲みかけ――ぶふっと噴き出す。

「そ、その……頭骨は……」

男の指さす方には、祭壇がある。一番目立つ場所にある、獣の頭骨が目に入ったようだ。

「小さい順に、兎《うさぎ》、猿、猪《いのしし》、熊ね」

貴重な頭骨だ。揃えるまで、二年かかった。

「なんのために……骨を？」

「まじないに使うの」

「そ、そうだろうな」

「猿は運命の吉凶を占う際に。猪は物事の善悪を判断するのに。兎は恋のまじない。熊は呪詛《じゅそ》に。鹿や狼より、覿面《てきめん》に効くわね」

「……そうか。熊の頭骨で……」

口を拭い、また男は薬湯を飲みはじめた。

柔らかそうな頬に赤みがさすと、いよいよ男は少女めいて見えた。

薬湯を飲み終えたのを見計らい、もう一杯注《つ》ぎ足す。

「どうぞ」

「……もしや、貴女《あなた》が俺を助けてくれたのか？」

ここでやっと、男は自分の立場を理解したらしい。

「えぇ。そこの丘で倒れていたのを、マシロが見つけたの」

そちらを見れば、土間にいるマシロが、ウォン、と小さく鳴く。

男はマシロに「礼を言う」とぺこりと頭を下げてから、こちらを見た。

「人を捜して森に入った途端……吊《つ》るされた獣の骨を見た。禍々《まがまが》しい呪術だ。……恐怖にかられ夢中で逃げるうち吹雪に遭い……気づけば意識を失っていた」

それは、恐らく明緋が吊るしておいた魔除《まよ》けの頭骨だろう。話がややこしくなりそうなので、黙っていることにした。

「春先で幸いだったわ。冬の迷い人は、帰らぬ人が多いもの」

この家の東には、断崖がある。谷底には白骨がいくつも転がる恐ろしい場所だ。

「俺は稀《まれ》なる冠を手に入れる男だからな。そう簡単には死なないぞ」

薬湯を飲み干した男が、にっと笑んだ。

「冠……？」

「そうだ。俺が生まれた時、占師がそう言った。稀なる冠を手に入れる男だ、と。こんな山奥で死ぬわけにはいかない」

明緋は、

（こんな山奥で死にたくないなら、そんな軽装で雪山になど入らなければいいのに）

と思ったが、口には出さない。

ここで機嫌を損ねられては困る。本題は、ここからだ。

「ところで――私は、まじないを生業《なりわい》とする傍ら、この森で迷い人を助けているの」

「おかげで助かった。是非にも礼をしたい。なんでも言ってくれ」

「礼は結構。代わりに――」

男は頭を押さえて「と、頭骨は渡さんぞ！」と悲鳴じみた声を上げた。

明緋は「要らないわ」と断った。人の骨はまじないに使わない。

「では、なにを要求する気だ？」

ふ、ふふ、と明緋は木面を揺らしながら笑った。

（おっと、いけない）

この笑い方が、旅人に不評なのを忘れていた。すぐに笑いを収める。悲鳴をあげて逃げ出されたことも何度かあった。自覚はないが、よほど不気味らしい。

「神話を、教えてほしいの。生まれ育った土地に伝わる天地開闢《てんちかいびゃく》、あるいは建国の神話。神々の呪い。喧嘩《けんか》。嫁とり、婿とり。なんでも構わないわ」

明緋は、いそいそと祭壇の下の棚から、木簡と壺《つぼ》とを取り出した。

ビクッと男は怯《おび》え、それからまじまじと木簡を見る。

「なんだ、それは」

「木簡よ。木板を加工して作ったの。ちょっと歪《ゆが》んでるけど。こっちは灰で作った練墨」

「貴女は、貞人《ていじん》か？」

貞人、というのは、大陸の斎人《いつきびと》のことだ。文字も用い、占いを行うらしい。

「この島生まれの咒師よ。旅人から各地の神話を聞くうちに、記録をつけておきたいと思うようになったの。自分で考えた文字だから、私にしか読めないけど」

故郷の国でも、多少の文字を用いるのは斎人と学者くらいだ。

自分だけがわかればいい。その気軽さで文字を考えた。商人が使っていた印《しるし》を、市《いち》で見るともなく見たのを参考にしている。

森の向こうの山人。近くの村の里人。北、東、西、南、と様々な地域の人から、様々な神話を聞いては記録してきた。この木簡は、明緋の宝だ。

「見たい。是非にも。──呪われたりはしないな？」

男は、目を輝かせて腕を伸ばした──拍子に、身体を隠していた毛皮がはらりと落ち、男は「おっと！」と慌てて押さえた。

「呪われやしないけど……神様でもなくちゃ読めないと思うわ」

明緋は手に持った木簡を、男に渡した。

ふむ、とうなって、男は木簡を読みはじめる。

（カミオヅチの話が聞きたかったのに）

珍しい、西からの旅人だ。

風貌、装束、宝剣。そして話し方、話す内容。どこから判断しても、彼は貴人だ。神々の話にも詳しいに違いない。

西の神、といえば、なんといってもカミオヅチだ。

筋骨隆々とした大男で、戦神《いくさがみ》。左手に持つ槌《つち》は、山をも砕く。

父たる天の神に課された試練のために、カミオヅチは、他の兄神らと共に菱石島へと降り立つ。そして、試練の末に迦実山《かみやま》に住む女神と結ばれるのだ。

（兄弟神の妨害……三叉大蛇《みつまたのおろち》の首裂き……迦実山の女神との恋……早く聞きたいのに）

ソワソワしながら、明緋は男が飽きるのを待つ。

「これは……カミオヅチの話か？」

「え――」

思いがけない言葉に、明緋は面の下で口をぽかんと開けた。

「この、菱《ひし》の左側だけ大きいのは、島の西部を示しているのだろう？　この字は、たぶん山だ。迦実山だ。数字は、丸の数。三叉大蛇の話を示しているように読める」

「……ッ！」

手をワナワナと震わせ、明緋は興奮のあまり言葉を失った。

「わかりやすい。それに、この槌。きっとカミオヅチだ」

「そ、そ、その、とおりよ。わかるの？」

震える手を、毛皮の羽織《はおり》の前で握りしめ、明緋は天を仰いだ。

信じられない。自分の考案した文字が、よもや人に解読される日がこようとは。

「あとは……この、珠《たま》。きっと迦実山のタマモヒメの話だ」

「そう！　そのとおり！　信じられない……貴方《あなた》、何者なの？」

「貴女の考えた文字が、わかりやすいだけだ」

男は「素晴らしい」と笑顔で言った。

素晴らしいのは、男の知恵だ。

服装といい、佇《たたず》まいといい、知恵といい、ただ者ではない。

（もしや——）

自分の作った文字を、旅人が解読するという信じがたい事態に、明緋は狼狽《ろうばい》し、その最中でハッと息を呑《の》んだ。

（この男、人ならぬ者なのでは）

出《い》で立ちからして、常の者とは思えない。

そうと思えば、そうとしか思えなくなってきた。

「あの……もしや貴方様は、貴いお生まれの方でしょうか」

「わかるか。いや、貴さというのは隠せぬものだな」

ふふ、と男が笑う。

やはり、そうだ。神話や伝承では、よくある話だ。異国から来た高貴な人は、大抵の場合——神、あるいは神の使いである。

（神……）

にわかに、緊張が増す。明緋は、今、この男——異郷の神に試されているに違いない。

異郷の神がもたらすものは、吉か凶か。厚遇には吉が、冷遇には凶が返るものだ。

（もてなさないと！　神が好むものといえば……やっぱり、酒よね。酒……ちょっとしか残ってないけど……あぁ、もったいない！）

明緋は、神妙に祭壇から甕《かめ》を出す。

蓋を開ければ、北部で専ら好まれる麦酒の芳香が漂った。惜しい。惜しいが、耐えた。

柄杓《ひしゃく》で木杯に酒を注ぎ、丁寧に男に差し出す。とっておきの栗《くり》も添えて。

「どうぞ。よろしければお召し上がりください」

「あぁ、ありがたい。いただこう」

男は毛皮をかき寄せつつも、鷹揚《おうよう》な仕草で木杯を受け取った。

ますます、神々に近い存在に思えてくる。

（なにをもたらしてくれるのかしら。山にいるんだから、山の神？　でも、山の神なら山で迷ったりしないわね。西から来たなら、西の土地神？）

考えるだけで、心が浮き立ってくる。

明緋の知らない、多くの神話を語り伝えてくれるだろうか？

それとも——その時、頭に浮かんだ言葉がある。

故郷の、滅亡。

（違う。そんなこと、もう望んでいない）

浮かんだ言葉を慌てて打ち消し、明緋は木面の下で笑顔を作った。

「それで、この北の山奥にどんなご用だったのでしょう？」

この男に力を貸せば、よい報いがあるに違いない。なにせ、神だ。

「人を捜している」

男は、くい、と杯を干して答えた。

「人……でございますか。では、麓の村までご案内しましょう。この森には、私くらいしか人はおりません。山人《やまびと》の集落は、この森の向こうです」

「この家に、一人で住んでいるのか？」

男は、改めて祭壇を見、明緋を見、家全体を見た。

家、といっても大層なものではない。藁《わら》と木でできたこの家は、もう亡くなった山人から譲り受けた。里人《さとびと》の多くは、小屋、とでも呼ぶだろう。

「マシロと、二人です」

そう明緋が言えば、男は杯を置いて頭を抱えた。

顔を上げ、祭壇を見て「なんということだ……」と嘆き、頭を抱える。

また、頭を上げて、明緋の頭の上の狼《おおかみ》を見て「なんたること……」と嘆いた。

最後は、天を仰いで「あぁ」と嘆息し、

「俺と――結婚してくれ」

と言い出した。

ずいぶんと、唐突である。

(さすが神だわ。人の都合を全然考えてない)

だが、遠くから来た神からの求婚だ。唐突な方が、いっそ自然に思える。

「私と……ですか？」

「そうだ。貴女《あなた》と結婚したい。そのために、俺は遥々《はるばる》とここまで来た」

まるきり、神話の一場面である。

(女を要求する型の神ね。……定番だわ)

女を要求する神にも二種類ある。

カミオヅチのような、訪れた土地の女神に求婚する神。

三叉大蛇のように、娘を生贄《いけにえ》に求める神。

(カミオヅチならば土着する——土着？　家に居据わるってこと？　ちょっと待って)

正直なところ、断りたい。いくら神でも、会ったばかりで同居は厳しい。

(家におくなら、もっと狩りの上手《うま》そうな男がいいわ。あの腕で薪《まき》を割れる？　まさか、食っちゃ寝をするだけの神じゃないでしょうね！)

神話に憧れを抱いていた今朝までが遠く思える。聞く分には楽しいが、いざ目の前に迫ってくると、そう呑気《のんき》に構えてもいられない。

もし、攫《さら》う系統の神だったとしたら、明緋はこの家を放棄せねばならなくなる。

（せっかく集めた頭骨も石も、捨てられない。木簡だって、私の宝だもの）

毛皮、蓑《みの》、弓、矢、碗《わん》や鍋。生薬。食料の備蓄。七年の暮らしでコツコツと貯《た》め、ここ最近は、ずいぶんと暮らしが楽になった。

次の土地に移ろうか、という気持ちは芽生えはじめたものの、強いられるのは頭骨を目にした時の反応から推測して、この男が、明緋の暮らしに理解を示すとも思えなかった。

（もし断った場合、どうなるのかしら）

なにが得られて、なにを失うのか、秤《はかり》にかけたいところだ。

「条件を、教えてくださいませ」

明緋は、居住まいを正して問うた。

「豊日国《とよひこく》を、貴女に贈る」

男は、笑顔で答えた。

豊日国とは――明緋の故郷である。神だけあって、人の身辺に詳しい。

「断った場合、どうなりますか？」

「豊日国の民は、次の春までに半分に減る」

明緋は、腕を組み、唇を引き結んだ。

次の春までに半分が死ぬ、とは神々の脅しの常套句《じょうとうく》である。

（なるほど。……神話の定番は押さえてくるのね。よく聞く話だわ）

察するにこの神は、疫病、戦、旱《ひでり》、水害、そうした類《たぐい》を司《つかさど》っている。

――生贄を求めているのだ。

「つまり豊日国の半数の民を助けるために、我が身を生贄として差し出せ――と」

「いやいや、そんな言い方をするな。国を救えるのだぞ？」

「救っていただかなくて結構です」

「貴女は豊日国の王女《ひめみこ》、明緋姫だろう？」

たしかに明緋は、東部の大国・豊日国の王女として生まれた。北部の山の片隅で暮らす呪師《まじないし》の正体を看破するとは驚きだ。だが、人選の才はないらしい。国の名を聞くだけで鳥肌が立つ。嫌悪と言い切れる感情である。

「豊日国とは無関係です。民が半分死のうと、国が滅びようと、知ったことではありません。お引き取りを」

明緋はサッと立ち上がり、干しておいた着物を男に向けてポイポイと放る。まずは下着。上質な白い上衣に、短袴《たんこ》。そして筒衣《とうい》。鮮やかな青の腰紐《こしひも》。

「待ってくれ。俺は迦実国《かみこく》の第五皇子《おうじ》だ。名は那己彦《なみひこ》。どうか俺と結婚してほしい！」

那己彦、と名乗った男は、着物を受け取りながら求婚し続けている。呆《あき》れた熱意だ。

「祟《たた》るならどうぞ祟ってください。地揺れですか？　雪崩ですか？　疫病ですか？」

「待て。待ってくれ。祟りなどしない。妻になってくれと言っているんだ！」

「同じではありませんか！　生贄などご免です！」

放り終えた明緋は、ぷい、と男に背を向けた。

毛皮の下が裸の男が、身支度をするのを目に入れたくない。

もぞもぞと、男が衣類を身につける音がし、終わったようなので振り返る。

「俺は、貴女に豊日国を贈る。受け取ってくれ。豊かな国を共に作ろう」

「……攫う型の神ですか。いいでしょう。受けて立ちます」

明緋は、腰を少し落とした。力比べで負ける気はしない。

「どうやら、誤解があるようだ」

那己彦は、まだ腰紐を結んでいたが、おおよそ肌の露出はなくなっている。

互いに立ち上がれば、腰を落とした明緋と目線が同じくらいだ。

「誤解などしていません。生贄を求める神の言うことなど聞きませんよ！」

「違う。俺は神などではない。皇子だ」

「迦実国は、勇猛果敢な戦神・カミオヅチを祖とする国。代々の大皇《だいおう》は、カミオヅチのように筋骨隆々とした巨漢で、武勇に優れた者のはずです」

神が迦実国の皇子に化けるならば、屈強な大男の姿になるはずだ。よりによって、娘と見まごう男には化けないだろう。

「それほど小さくはないぞ。いや、むしろ全然小さくない」

「私より小さいではありませんか」

那己彦はひょこりと踵《かかと》を上げ「そんなことはない」と堂々と否定した。

背伸びをしてもせいぜい明緋と並ぶ程度だろう。小さい。巨漢の一族の子とは思えない。

武術の嗜《たしな》みがないのは、動作を見ればわかる。

明緋は「嘘《うそ》おっしゃい」と一蹴した。

「よし、わかった。これを見てくれ」

那己彦は、手から肘ほどの長さがある宝剣を掲げる。

すらり、と美しい鞘《さや》から剣を抜けば、その刃の輝きが目を射《い》った。

「鉄……の剣ですか」

話に聞いたことはあるが、鉄製の剣を目にするのははじめてだ。

「そうだ。これは、父が俺の生まれた時に授けたものだ。那己彦という名は、海に生じる波から取った。母が漁村の出身でな。ほら、見てくれ。鞘に波が彫ってある。そこに、海を示す青い玉をはめた。大陸の技術だ。迦実国の大皇以外に、これほどの剣を贈れる者はいないだろう」

話は、呑《の》み込めた。

いつでも飛びかかれるよう、腰を低く構えていた明緋は、いったん背筋を伸ばす。

明緋の目の位置が上がったからか、那己彦はまたちょっと踵を上げていた。

「……人、なの？」

期せずして、那海彦と明緋は、互いに向けて同じ問いをしている。

あの時、人に決まっている、と明緋は思った。

きっと那己彦もそう思っているのだろう。コクコクとうなずいている。

「人だ。ただの人だ。皇子だが。貴女も、豊日国の一の姫だ」

神では、ない。ここにいるのは、人と人。

迦実国の第五皇子と、豊日国の一の姫。

すると――話は逆に不思議さを帯びてくる。

「では、どうして――」

どうして、この男は明緋が豊日国の王女だと知っているのか。

どうして、豊日国から五十里も離れたこの森を訪ね得たのか。

「聞いてくれ。俺は縁談のために迦実国を出て、遥々二ヶ月もかけて豊日国まで来た。それが着いた途端に門前払い。妻になるはずの王女は、新たな王と結婚するそうだ。あんまりだと思わないか？　残る王女は、貴女しかいないんだ！」

やっと着物を着終えた那己彦は「頼む！」と明緋を拝み出した。

ここで、明緋も納得した。

（ただの人だ。全然、神なんかじゃない）

この男は、明緋の素性を知って、利用するためにやってきた──敵だ。

「皇子との結婚など、死んでもご免よ。お引き取りを」

「頼む！　貴女がうなずいてくれれば、豊日国の民は死なずに済むのだ！」

囲炉裏を挟んで、じりじりと那己彦が近づいてくる。構えもなにも、あったものではないが、気持ちが悪い。こちらも、じりじりと下がる他なくなった。

マシロをけしかけたいところだが、それでは喉笛を潰してしまいかねない。

──殺さず、脅さねば。

とっさに柱にかけていた弓に手を伸ばし、素早く矢を番《つが》えた。

「ここに稀《まれ》なる冠はないわ。冠を頂く頭を残したいのなら、黙って出て行きなさい」

まだ、なにか言いたげだったが、那己彦は口を噤《つぐ》んだ。

本気だと、伝わったらしい。那己彦は背伸びを諦め、慌ただしく沓《くつ》をはきはじめた。

言われたとおり、那己彦が戸口の革を捲《めく》って後ろ向きに出て行く。

「あぁ、驚いた……今更、どうして……」

ふぅ、とため息をつきつつ弓を下ろした途端、ぱさりと革が持ち上がった。

「すまん、麓はどっちに――」

那己彦が問い終える前に、マシロが牙をむき出しにして唸《うな》る。

明緋も再び弓を構え、その矢の方向で、麓の方向を示した。

わかった、と那己彦は、明緋とマシロ双方に手振りで示し、ぱさりと革を下ろす。

今度こそ、足音が遠ざかっていく。

西部の皇子が、北部まで求婚にくるなど、夢にも思っていなかった。驚きは、まだ明緋の鼓動を速くしたままだ。

(それにしても、どうやってこの場所を？　知っているのは、限られた人間だけのはず。王。女王《めのきみ》。あとは大社《たいしゃ》の斎長《いつきおさ》くらいのものなのに)

秘中の秘――とされる事柄だ。後継者以外に漏らすのは禁忌である。

豊日国の政治の中枢である美宮《うつくしのみや》の人間でさえ、明緋は国の東端にある祀殿《しでん》にいるものと思っている。他国の王子に知られているのが不可解だ。

考えこんでいる最中、心にふっと虚《うつ》ろが生じた。

（父上は、亡くなったのね）

新たな王、と那己彦は言っていた。

父の子は二人だけ。いずれも、王女である。

（新たな王は、堅久良《かたくら》……よね。きっと）

幼い頃から親しかった従兄《いとこ》の顔が、ふっと浮かぶ。

新王は王女を妻にするそうだ、と那己彦は言っていた。明緋の妹が、女王に即位したに違いない。名は、紫夕《しゅう》。明緋の母と、紫夕の母が姉妹だ。明緋と紫夕とは、姉妹であると同時に従姉妹《いとこ》でもあった。

（堅久良と紫夕が……王と女王に――）

想像するだけで、ひどく複雑な感情が押し寄せてくる。

この森での暮らしの中では、久しく感じていなかった種類のものだ。

（それにしても、西の強国との縁談を一方的に蹴るなんて乱暴すぎるわ。堅久良がそんな判断をしたの？――いえ、私には関係ない。関わってたまるものですか）

誰が、どれだけ、どのように死のうと、知ったことではない。

彼《か》の国の人を救うために、我が身を生贄《いけにえ》に——などまっぴらごめんだ。

しゃく、しゃくと外の足音が遠くなっていく。

もう忘れたい。このまま、足音と共に、男の記憶も消えてしまえばいい。

「……ん？」

明緋は、ふと外の音に違和感を覚え、耳を澄ませた。マシロの円《つぶ》らな瞳に、

「マシロ。あの皇子様、東に……崖の方に向かってない？」

と問うてみたが、もちろん、答えは帰ってこない。

麓は、西だ。だが、足音は崖のある東に向かっていた。

（なんで？　どうして東に？）

今の時季、雪は脆《もろ》い。うかつに崖へ近づけば、谷に真っ逆さまだ。——死んでしまう。

急に、不安になってきた。

介抱した時、心の臓が動いているか、何度も確認した。生きてほしい。死なないで。何度も祈ったというのに。その命が、あっさり危うくなっている。

（ダメ。放っておけないわ）

明緋は、狼《おおかみ》の頭を下ろしていた。

家の外では、狼の頭は被《かぶ》らない。山人《やまびと》からの誤射を避けるためだ。

戸口の革をパッと上げれば、清々《すがすが》しかった空は、やや曇りだしている。
山の気候は変わりやすい。雪が降り出す前に、麓へ送り届けたいところだ。
空から足元へ視線を移せば、やはり足跡は東に向かっている。
(方向を間違ったまま、なんでそんな勢いで進むのよ！　バカ！)
華奢《きゃしゃ》な男だが、足は速い。
よりによって向かい風が、強く吹いてくる。さらに細かい雪まで交じった。
――六勾妹《むまがりのいも》は、雨を呼ぶ。
頭の後ろのあたりで、声が聞こえた気がする。
思い出したくない。明緋は、ぶんぶんと頭を横に振った。
森の木々の陰に、那己彦らしき姿が見える。
ピィ、と指笛を吹いたが――気づかない。
「那己彦――」
危ない。谷に落ちてしまう。
明緋は足を急がせた。
指笛を吹く。――まだ気づかない。
傾斜がはじまった。このまま崖まで続く、緩やかなものだ。

だが——それが怖い。

「那己彦！　戻って！」

雪に脚をとられて、マシロの歩みも遅い。

一度は救った命だ。なんとしても助けてみせる。

ピィ、と指笛を吹く。ピィ、ピィ、と何度も。

手が届くだけの距離まで近づいて、やっと那己彦がこちらを向く。

目線がパチリとあったのと、サーッと静かな音が聞こえたのは同時だった。

有無をいわさず、那己彦の腕を引っ張った。

無我夢中で、崖から離れる。

「お、おい！　なんだ？　気が変わったのか？」

「走って！　急いで！」

「うわぁッ」

脆くなった雪に足をとられ、那己彦が叫ぶ。

(死なせない！　決して！)

力の限りにその腕を引っ張り、那己彦を木の幹にしがみつかせた。

自分はマシロを抱え、半ば倒れ込むように横の木に抱きついた。幹が大きくしなる。

サーッと軽い音が終わり、腹に響く轟音《ごうおん》が続く。――崖下に、雪が落ちた音だ。

それらが収まると、辺りはとても静かになった。

はぁぁ、と深い息を吐く。

「……助かった」

ぽつり、と声が出ていた。

危うく、二人と一頭は崖下で肉塊になるところだった。

「助かった……な」

那己彦も、深い息を吐いて天を仰いでいる。

「村まで送るわ。……行きましょう」

明緋は、那己彦に手を貸し、立ち上がらせた。

那己彦のキラキラと輝く目が、ずい、と近づく。

「命を二度まで救われた。……感謝の言葉もない。俺の人生は、貴女《あなた》を得るためにあった。見ていてくれ。俺は貴女の前に多くの富と、多くの土地を捧《ささ》げに来るだろう」

最初から気持ちの悪い男だったが、いよいよ気持ちの悪いことを言い出した。

「国は要らないったら。――しつこいわよ」

明緋は、麓に向かって歩き出した。さっさと追い返し、縁を切りたい。

「では、なにが欲しい？　なんでも言ってくれ」

だが、この男はどこまでも挫《くじ》けない。

なるほど。この気味の悪さを感じさせる執念が、遠い北部まで命がけの冒険をさせたらしい。稀なのは、彼のその心の強さだ。

「それ、西部の求婚？　男が女に富を捧げる約束をするのね」

横に並んで歩きつつ、明緋は問うた。

「当然だ。女は多くの求婚者の中から、もっとも大きな益を示した男を選ぶ。……東部は、違うのか？」

「えぇ、違うわ。女が益を示す側。――東部では功と呼ぶの。女王には、神事の試練でもっとも優れた功を示した娘が選ばれるわ」

「生まれと、実家の太さが物を言うわけか」

身も蓋もない言い方だが、あながち間違いでもない。

明緋は「そういう面もあるわね」と苦笑しつつ答えた。

「でも、女王は、生まれや実家の豊かさだけで選ばれるものではないわ。試練は……あぁ、東部では、妻は一人しか持たないの。西部では、複数の妻を持つのよね？　以前、旅人に聞いたことがある」

「あぁ。俺の父には、妻が五人いる。叔父《おじ》は四人。兄たちも二人、三人と持っている」

豊日国の女王は、他国における王の妻妾《さいしょう》とは明確に異なる。

その権威は、時として夫たる王《おおきみ》をも凌《しの》ぐほど強い。

「神事で選ばれた娘は女王となり、王を指名する。もっとも優れた功を捧げるに足る存在が王なのよ。女王が死ねば、王は新たに別の女王を選ぶ。逆に、王が先に死ねば、女王が新たに別の王を据える。その権威は、生涯変わらないわ。無能な女王では国が傾くから、試練ではきちんと資質を問うの」

女王を選ぶのは、星媛《ほしひめ》の試練、という神事だ。

王は王族の男子のみ選ばれるのに対し、女王にはその制限がない。

真に有能で、国を導くに足る娘が選ばれる。――とはいえ、王族の娘や、力のある豪族の娘が有利なのは言うまでもないが。

「ふむ……では、俺は貴女に益を示すだけでなく、功を捧げるべき相手と認識されねばならないわけか。……なるほど。面白い。俄然《がぜん》やる気になってきたぞ！」

「やる気になんてならなくていいわよ。さっさと西に帰ってちょうだい」

「俺は諦めん。こちらも人生がかかっている！」

ここで、明緋は折れた。

那己彦の執念は凄《すさ》まじい。簡単には諦めないだろう。

結婚を決意したのではない。道すがら、話したくもない事情を話そう、と思ったのだ。

「あのね、私は、豊日国を放逐された身なの。詳しい話は省くけど、まぁ、簡単に言えば、呪われているのよ」

「……呪い？　貴女が、呪われているのか？」

「そういうこと。禍《わざわい》を背負った存在なんですって。だから、国境《くにざかい》は越えられない」

他人事《ひとごと》のように、明緋は言った。

望んだわけではない。ただ、生まれた時からそう決まっていた。だから、放逐された。

「私が贈る豊日国では、決して貴女を禍などとは呼ばせないぞ」

「国は要らないわ」

「明緋」

「次に求婚したら、熊の頭骨でこってり呪うわよ」

「明緋」

「――しつこい！」

「燃えている」

「え……？」

振り返り、那己彦の指さす方を見る。——煙だ。

あのあたりに、これほど煙の立つ物など存在しない。——明緋の住む家を除けば。

（燃えて……いる？）

禍の放逐は、死に等しい。荒ぶるノテ川に、薄絹一つで入らねばならないからだ。

百のうち百死ぬ、と言われたところを、明緋は生きのびた。

自身の運命は、幼い頃から知っていた。だからこそ必死に学び、生きる術《すべ》を身につけてきたのだ。人の縁に救われはしたが、今の暮らしは、自ら勝ち取った、と思っている。

家。祭壇。木簡。その勝ち取った暮らしのすべてが、燃えていた。

「待て！」

駆けだそうとした明緋の腕を、那己彦がつかむ。

「放して！　火を……火を消さないと！　まだ、残っているものが——」

「よく考えろ！　煙は餌だ！　身を潜めろ！　やり過ごすのが先だ！」

突然のことに、頭がついていかない。

「餌？　人……？」

意味がわからない。

自分の家が、今、燃えているのだ。なにを咎《とが》められているのか、わからなかった。

「貴女の命を狙っている者が、すぐ近くにいる！　なぜわからんのだ！」

「でも、私は――」

放逐された、禍だ。

狙われる理由がない。盗賊とて、こんな山奥には来ないだろう。

「王の子たる者、命を狙われる覚悟がなくて務まるか！　殺されたくなければ、戦え！」

蓑《みの》一つで雪山に入った男に説教される筋合いはないが、彼の言は正しい。

（そのとおりだわ。――弓を取らねば殺される）

覚悟が決まれば、狼狽《ろうばい》は去った。

マシロに腕で指示をする。――狩りと同じだ。

身を低くして、静かに移動する。

（煙を餌にするなら……森に潜んでいるはず）

吹雪は去ったが、直前まで視界は悪かった。敵はこちらの位置を把握できていない。

捜しているはずだ。――標的を。

（いた）

森の陰に、人が三人。

同じ革の甲と、同じ弓。兵士らしい。

物盗《と》りならば家は焼かない。あちらには、たしかな殺意がある。躊躇《ためら》いは無用だ。

明緋は矢を番《つが》え――放った。

続け様に、二度。

ぎゃあ、と兵士たちが悲鳴を上げる。

どちらの矢も、過たずに兵士の右の二の腕に突き立っていた。

ピィッと指笛を吹く。

ウォン！　と離れたところにいた兵士の背後で、マシロが大きく吠《ほ》えた。

仰天した兵士が、うわぁ、と声を上げて木の陰から出てくる。

そこに、すかさず矢を射る。――矢は、三人目の兵士の右の二の腕に突き立った。

「手を挙げ、そこに並んで。腕の程は見たはずよ。次は喉を狙う」

片腕に矢の刺さったまま両手を挙げ、三人が並んだ。

明緋は兵士に近づき、弓を奪って、バキリと折る。ひぃ、と兵士からは悲鳴がこぼれた。

厳《いか》つい木面の、人とも思えぬ者の仕業だ。恐怖は想像に難くない。

「その装束、豊日国の兵士ね。誰の差し金か、話せば――」

明緋が言い終えるのを待たず、那己彦が、

「お前たち、縄は持っているか？」

と兵士に問うた。

「いえ……」

若い兵士の、細い声が返ってくる。

「なるほど。確実に殺す気でいたわけだ。こちらも縛れぬとあらば、殺すしかない」

那己彦が、すらりと鞘《さや》から鉄剣を抜き、ヒュッと音を立てて振って見せる。

鉄の刃《やいば》の輝きは、兵士たちを心底恐怖させたらしい。

「く、国を救うためです！　我らは、この、森に住む女を……殺せと……」

中央にいた若い兵士が、涙声で叫んだ。

「なにが国のためだ。山奥の呪師《まじないし》一人殺して国が救えるはずがない」

ふん、と那己彦が鼻で笑えば、兵士は、

「我が国に仇《あだ》なす魔物です！　王女《ひめみこ》様が看破なさいました。魔物を殺さねば国が危ういのです。……前王《さきのおおきみ》は、こ、この……魔物に――」

本人を目の前にして、魔物、とは言いにくかったらしい。

兵士は明緋を直視できず、顔を伏せて「魔物に、呪い殺されたのです」と言った。

明緋は、持っていた兵士の弓をまたバキリとへし折った。

ヒッ、と威勢のよかった兵士が悲鳴を上げる。

「バカバカしい」

ぽつり、と明緋は呟《つぶや》いた。

生まれた時から、いずれ生贄《いけにえ》にされると決まっていた。

六勾妹《むまがりのいも》。それが呪いの名だ。

あの凶事が続いた七年前。この国で最も高位の六勾妹であるがゆえに、明緋はノテ川に入った。国の禍を一身に背負って。

あれから一度も、国境をまたいでいない。

国とは一切関わらず、ひっそりと暮らしてきたというのに——すべてを奪われた。

この上、まだ彼らは言うようだ。国を救うために、黙って殺されろ、と。

「魔物と呼ぶなら呼べばいい。それが豊日国の王女の呼称であるならば」

明緋は、木面を外し、ぽい、と放った。

あ、と声を上げたのは、中央の若い兵士だ。崩れるように膝をつく。

すぐに、他の二人も膝を折った。

「なんだ？……あ……」

那己彦は、兵士たちの様子に驚き、そして明緋の素顔を見て——一層驚いていた。

星の輝きを宿した瞳は、闇より深く、頬は白珠《しらたま》に似て艶《あで》やか。厳《いか》めしい木面の下の美貌に、彼らは驚いている。

美しい、と那己彦が呟いたのが聞こえた。

──母の美貌が、東部一だと誉《ほ》めそやされていたのを知っている。自分の顔がその母によく似ていることも。

ただ、兵士たちの恐れは、明緋の美貌を理由にしてはいない。

目の前にいる──彼らが魔物と呼んだ女が何者であるか、この顔が示していたからだ。

紫夕と瓜二《うりふた》つ。そう思ったはずだ。

姉妹であり、従姉妹《いとこ》。濃い血のつながりは、顔に出ている。年齢は一つしか違わず、幼い頃から見分けがつかぬと言われてきた。

国内のどこの領の兵士であろうと、一度は美宮の斎庭《いつきのにわ》で王らに謁見する。豊日国の兵士であれば、紫夕の顔を必ず知っているのだ。

「熊の頭骨で呪ってやろう。名は？」

明緋は、膝をついた若い兵士の胸倉を、ぐいとつかんで立たせた
「ひ、王女様……お許しを！　なにも知らなかったのです！」

「名を言え。お前の一族が次の春までに、半分──」

半分死に絶えるよう呪ってやる、と言いかけて、やめた。

この男は、ただ命令に従っただけだ。報復は無意味だ。

明緋は、手を離した。兵士は、雪の上にどさりと膝をつく。

「話は済んだな。では、埋めるか」

突然、那己彦が明るく言ったので、兵士たちはびくりと身体《からだ》を竦《すく》ませた。

国を守るために魔物を殺す度胸のあった兵士も、王族を殺す正義までは持っていなかったようだ。もう、目には恐怖しか浮かんでいない。

「よして。殺したってしょうがない」

へし折った弓を拾う。この弦で縛れば、足止めはできるだろう。

「こいつらを生かしておけば、豊日国に報告が行くぞ」

明緋は、折った弓の弦で、兵士の手を縛りはじめた。

「構わない。彼らより早く、私の方が戻るから」

「豊日国に戻るのか。それはいい。ついでに国を手に入れようではないか」

那己彦の提案に、明緋は「国は要らないったら」と即座に返す。国など要らない。欲しいのは、この握りしめた拳のやり場だ。

「ただ、話をつけに行くだけよ。──妹と」

明緋は国境のある南を見据え、呪いに似た言葉を吐いた。

それから、数日。

二人は、馬を並べて南下している。

共に、服装は豊日国の兵士のそれである。刺客から奪ったものだ。

馬の横を、マシロがのんびりと歩いていた。

那己彦が乗っているのは、彼が連れてきて、麓の村に預けていた馬だ。

後ろに、荷を積んだ馬が二頭。あわせて四頭。那己彦の馬以外は、兵士から奪った。旅に必要なものは、一通り揃《そろ》っている。

「いい天気だ。やはり山一つ越えると暖かいな。雪もない」

「……そうね。もう、あちこちに花が咲いているもの」

のんびりと会話はしているが「ついてこないで」「どこまでもついていく。結婚してくれ」「お断りよ」というやり取りは、毎日一定回数こなしている。

だが、突き放すに突き放せない。

(この人、放っておいたら死んでしまう)

春の崖に突っ込んでいっただけのことはあって、すべてにおいて無謀だ。

朝起きると、もう向かう方向を見失っている。方向感覚が絶望的にない上に、間違っていても堂々と進んでいく。よく西部から北部まで、無事にたどり着けたものだ。

雪山で助け、崖の雪崩から助けた。ここで見捨てるのもどうかと思う。

そんなわけで、二人の旅は続いているのだった。

そして、明緋が那己彦を連れていく理由は、他にもある。

「そうだ。昨日の話の続きをしよう。カミオヅチと、タマモヒメの出会いだ」

「是非！　聞かせてほしいわ」

那己彦は、西の神話を小出しにしてくる。どれも、明緋が以前聞いたものより格段に詳しい。それも明緋が、狩りもできず、火を起こすのも下手で、食べられる草と食べられぬ草の見分けもできない男と旅を続けている理由の一つになっていた。

「迦実山の泉で、兄神たちはカミオヅチを試練のどさくさで殺そうと画策する。勇猛果敢な末弟を嫉妬してのことだ。それを、沐浴《もくよく》中のタマモヒメが聞いていた。女神は腹を立て、そのままの姿で鹿に乗り、カミオヅチのもとに走る」

「そのまま？　沐浴中よね？　裸じゃない」

「そうだ。義憤にかられて、素肌のままカミオヅチのもとに走る」

「相手は、顔も知らぬ男なのに！」

「そこは、神のなさることだ。人には理解できぬこともあるだろう」

那己彦に正体を看破され、求婚されても、神だからそういうものかと納得しかけた記憶は新しい。「神だものね」とうなずく他なかった。

「女神がそんなにも必死に知らせてくれたから、カミオヅチは危機を脱せたのね」

「あぁ。カミオヅチは女神に感謝し、天蚕《あまのかいこ》の絹衣《きぬごろも》を贈った。そして、岩を落とすつもりでカミオヅチを待ち伏せていた兄神たちを逆に襲い、岩と一緒に谷底へと放り投げた。……危機を脱したカミオヅチは、タマモヒメに求婚するのだが、女神は、すでに悪《あ》しき大蛇《おろち》に見初められていたのだ。その肌には印《しるし》が刻まれていた。――あぁ、村があるな。話の続きは村を出てからにしよう」

大蛇に見初められた女神の話は詳しく聞いておきたかったが、明緋は渋々「そうしましょう」と受け入れた。しかたない。これは、呑気《のんき》な物見遊山の旅ではないのだ。

北部から東部へ続く街道沿いには、村が点在している。

村、といっても小さなものだ。木柵に守られるばかりで、戸数も二十に満たない。

北部は他の地域との交流が少ないので、街道は閑散としている。人口の大半が、ハジ山の向こうの草原を経、さらに北に住んでいるのも一因だ。草原では馬がよく育つそうで、菱石島で用いられる馬のほとんどは、北部の産である。

そのため、村の規模は小さくとも、馬が休める環境は整っている。厩《うまや》も十分に広い。

鞍《くら》を外し、井戸で桶《おけ》に水を汲《く》んで馬たちに飲ませていると、那己彦が、

「馬に乗る女を、はじめて見た」

と今更なことを言いだした。

「……タマモヒメは鹿だったわね。まぁ、私も他に知らないけど」

「なぜ、馬に乗ろうと思った？　西部の女は、沓をはくのも稀《まれ》だ」

「東部は、そこまでじゃないわ。祀殿《しでん》に参拝くらいは行くもの。……移動は馬車だけど。私が馬に乗ったのは、単純に便利だったからよ。山へ移動するのに、徒歩では半日潰れてしまうから」

「王宮を出るばかりか、山に行っていたとは大胆な王女だな！」

那己彦は馬草を運びながら、明るく笑った。

出会って数日だが、いつも機嫌のいい人だ。役には立たず、求婚も面倒だが、それさえ除けば悪い道ずれではない。

「母は、私を産んで間もなく亡くなった。民を愛するよき女王《めのきみ》で、王都中の人に愛されていたそうよ。……母の死後、父の指名で叔母《おば》が女王になって、間もなく妹を産んだの」

ここで言葉を止めるつもりが、つい「私は春の生まれで、妹は同じ年の冬の生まれ」とつけ加えていた。こんな話を、人にするのははじめてだ。口がうっかり軽くなった理由は、

自分でもわからない。

「それが、二の姫か」

「そう。叔母は私を疎んじて、父も妹だけを可愛《かわい》がった。姉妹で顔はそっくりなのにね。まぁ、よくある話よ。やり口もごく平凡。食事に泥をかけられるとか、衣《ころも》に泥をつけられるとか、蔵にうっかり閉じ込められるとか。池に突き落とされたこともあったわね。……美宮に居場所がなかったのよ。それに、山で生きる術《すべ》も学びたかった。どちらも山に向かう動機になっていたと思うわ」

思い出すだけで気が滅入《めい》る。話し終えると、重いため息が漏れた。

「その叔母というのは？　まだ存命か？」

「いいえ。私が放逐されて、間もなく亡くなったと聞いたわ」

「……残念だ。悔やませてやりたいところだが、残っているのは妹の方だけか」

那己彦の言葉に、明緋は小さく笑った。笑ったが、すぐに真顔に戻る。顔こそ優しげだが、この男は躊躇《ためら》いなく刺客を殺そうとしていた人だ。悔やませる、という言葉も、なにやら血なまぐさい。

「よして。貴方《あなた》はなにをするにも乱暴だわ」

「墓所までは暴かない」

辟易《へきえき》を表情に出し、明緋は「よしてったら」と釘《くぎ》をさしておいた。

那己彦は、明るく、知恵もあり、所作にも品がある。人好きのする男だと思う。

それなのに、なにかの拍子に突然、ひどく物騒になる。

(猛々《たけだけ》しいカミオヅチの子孫だから……なのかしら)

血の気の多さも尊さゆえか。戦の多い国では、皇子《おうじ》であっても心が殺伐とするものなのかもしれない。

「さて、我々も食事にしましょう。おいで、マシロ」

明緋は、馬用の桶で水を飲んでいたマシロに声をかけた。

「それで、呪いゆえに放逐された貴女《あなた》が、国境を越えるのに問題はないのか?」

「あぁ、それは、川に入った段階で死んだものと――」

「川に入る? それでは放逐ではなく、生贄《いけにえ》ではないか」

那己彦が手を止めてまで驚くので、明緋が「まぁ、そうとも言うわ」と認めた。

たまたま生き延びた。だから、放逐、という表現をしているだけだ。実態は生贄である。

那己彦の感想は正しい。

「ノテ川は、今の豊日国の国境より北にあるけど、境界なのよ。この世と、あの世の。だから、ノテ川の向こう側で生きる私は、あちら側の生き物というか……」

「常世の者ということだな」

「ええ。王族は、常世の者を一年のうち月の一巡の間だけ、現世《うつしよ》に留《とど》める力を持つの。私は自分の王族の権限で、私の豊日国滞在を許可するっていうか、ちょっと強引だけど――」

ふ、とマシロが厩舎《きゅうしゃ》の外を見て、小さく、ぅぉん、と吠《ほ》えた。警戒を促している。

明緋と那己彦は、パッと目をあわせた。

耳を澄ませば――馬蹄《ばてい》の音が、かすかに聞こえてくる。南――豊日国の方向から。

「南は、あちらか？」

那己彦が東を指さすので「違うわ」と指の方向を直しておいた。

豊日国のある南側から、一定数の馬蹄の音が近づいてくる。

「隠れて。あの刺客の本隊かもしれない」

「そうだな。隠れて損はなさそうだ」

軍の小隊と決まったわけでもない。隊商の可能性もあるが、つい数日前に命を狙われたばかりだ。用心すべきだろう。

二人は、そろって馬草の山をちらりと見た。隠れるにはうってつけの場所である。

馬草の陰に隠れて間もなく、厩の前で馬蹄の音が止まった。

馬具の音に、カラリと矢筒の中で矢の動く音が交じる。――兵士だ。

厩の戸のあたりで「馬がある。辺りを捜せ」と声がした。

(隊商ではないわね。それも、人を追ってる)

明緋は落胆と共に、緊張を強めた。

「迦実国の皇子なら、でかいんじゃないのか？　なんで小男を捜すんだ」

「第八皇子は、小さいらしいぞ。王の種ではないのだろうよ」

「あちらは何人も妻を持つらしい。孤閨《こけい》に耐えかねる女も多いさ」

ははは、と兵士たちは呑気に笑っている。

(第八皇子？　八？　五じゃなくて？)

下種《げす》な話は聞き流したが、その数字だけは耳に残った。

明緋は、すぐ隣にいる那己彦を見た。その表情は、複雑で、不機嫌だ。

「弟さんも、来ているの？」

こそり、と明緋は那己彦に尋ねた。

那己彦は、第五皇子。すると第八皇子は弟ということになるはずだ。

「いや、来ていない」

「今、第八皇子と聞こえたわ」

「……それは、俺のことだ」

さっぱり話がわからない。

西部では、数のかぞえ方でも違うのだろうか。

「どういうこと？」

「――た……」

ぽそり、と那己彦が呟《つぶや》いた。

「え？　もう一度お願いします」

「ただの、見栄《みえ》だ。第八皇子のままでは、見向きもされんだろう」

ふてくされた顔を、まじまじと見てしまう。

愛らしい、といっても言い過ぎではない頬が、赤くなっている。

八男という境遇。カミオヅチの子孫とは思えない体格と美貌。どれをとっても、彼にとっては不本意な要素なのだろう。――こちらには些事《さじ》だが。

「五だろうと八だろうと、どちらもお断りよ」

明緋は、小さく言った。那己彦は、特に返事はしなかった。

兵士たちは、厩舎を軽く覗《のぞ》いただけで動かない。

「それで……本当に、明緋様も北部にいらっしゃるのか？」

「わからん。ミジウにおいでと聞いていたのだが……」

急に自分の話になった。明緋の眉は、ぎゅっと寄る。

ミジウ、というのは、豊日国の東端にある領だ。この場合、ミジウにある祀殿を指し、明緋はそこにいることになっている。これだけ事情に詳しいからには、彼らが豊日国から来たと判断して構わないだろう。

(私だけでなく、那己彦まで消そうとしていたのね)

ざわりと鳥肌が立つ。——と同時に、ハッと気づいた。

明緋を襲う者の、意図に。

「あの変わり者の王女様《ひめみこ》が……いや、山暮らしが性にあっているかもしれんぞ」

「なるほど。そうかもしれんな。それにしても寒い。さっさと済ませるとしよう」

兵士たちは、のんびりと会話をしながら去っていった。

その後、もう一組の兵士たちが厩舎を覗いたが、すぐに去っていく。

馬蹄の音が遠ざかったところで、二人は立ち上がった。

目線がほぼ並んだところから、少しだけ那己彦の目の位置が上がる。

きっと背伸びをしたのだろう。確認はしなかった。そんなことはどうでもいい。もっと重大な問題がある。

「那己彦。コタリの森いるもう一人の王女に求婚する——という貴方の計画を知っている者は？　どの程度います？」

「美宮にいる内通者だけ——のはずだが、違ったようだな。漏れていたらしい」

悪びれもせず、那己彦は肩を竦《すく》めた。

内通者、という響きが、実に生々しい。

「……私は、敵国の皇子と旅をしていたわけね」

「敵と決まったわけではない。交渉中だ」

紫夕は、三人の刺客だけでなく、小隊程度の兵士まで送ってきた。

自国の王女と、他国の皇子の組み合わせは、彼女にとって都合が悪かったと見える。

「もう、貴方と旅は続けられない」

那己彦の瞳をまっすぐに見て、明緋は伝えた。

「まぁ、そう結論を急ぐな。俺を連れていくべきだ」

「さっきの身の上話のとおり、妹……紫夕は私を嫌っている。だから、彼女が女王の座に就いて私の居場所を知った途端、殺しに来たのだと思った。でも……違う」

じり、と一歩明緋は後ろに下がった。

あの災厄は、迦実国の第八皇子が、野心を持って明緋を訪ねたために起きたのだ。

「まぁ、落ち着け。俺は貴女の味方だ」

「なにが味方よ。貴方が元凶だったんじゃない。あの家には、私が手に入れた人生のすべてがあったの。積み重ねてきたものも、未来も……もう二度と、なに一つ失いたくない。私に、二度と関わらないで！　この厄病神！」

くるりと背を向け、明緋は馬草の山を半周し、馬の方に向かった。

「カミオヅチは、タマモヒメを守った！」

「……もう神話は要らないわ」

「求婚した相手だけでなく、妻の生まれ育った地も大蛇《おろち》から守った。俺はカミオヅチの裔《えい》だ。必ず貴女を守る！」

振り向く気にはなれない。

誰も彼も勝手だが、この男の勝手さには心底腹が立った。

「自分の身は自分で守るわ」

背を向けたままそう言うと、明緋は黙々と馬の支度をはじめた。

那己彦は、厩舎を出ていったようであったが、気にはしなかった。どちらにどう向かおうと知ったことではない。

明緋はマシロと共に村を去り、那己彦はあとを追ってこなかった。

第二幕　星媛の試練

明緋《あけひ》は、高い石塀の上に立っている。乾いた風が、結んだ髪を躍らせた。

豊日国《とよひこく》の都の中心にある、美宮《うつくしのみや》の石塀の上。眼下には白木の建物が、整然と並ぶ。

ケホケホと咳《せき》が出た。見上げれば、乾いた風のわたる空は、ぼんやりと曇っていた。

(北からの道中、一度も雨が降っていない)

――似ている。

明緋は、その年の空と風とをよく覚えている。

七年前の春。王族の訃報が、年明けから続いた。

雨乞いに生贄を捧《ささ》げる――と斎長《いつきおさ》が言い出しはしないかと、怯《おび》えていた日々。

死にたくない。まだ、死にたくない。

あの時、祈りながら見上げた空に――似ている。

(嫌なことを思い出してばかり。……嫌になるわ。さっさと話をつけて、出ていきたい)

目の前の松にひょいと縄をかけ、慣れた動作でグイと引く。石塀を蹴り、音もなく美宮の内部に着地する。――子供の頃から、何度も通った道だ。

（あぁ、堅久良《かたくら》とはじめて話したのは、この松の下だった。懐かしい……）

七歳か、八歳の頃だったはずだ。ある日、いつものように美宮を抜け出そうとした時、声をかけられた。

堅久良は、明緋と曾祖父を同じくする王族で、一つ年長。従兄妹《いとこ》より関係は遠いが、慣習で従兄《いとこ》と呼んでいた。当時、すでに次代の王《おおきみ》と目されていた存在だ。

――貴女《あなた》は、天女か？

そんなことを問われたものだから、人だと示す必要ができた。

上りかけた石塀から降りれば、少年の目は、眩《まばゆ》いものを見たように細まった。

彼は父親の朝参の供をしていて、散策をしていたそうだ。

そうして、堅久良と明緋は出会った。

この松の根方か、藤棚の下で、少しだけ会話をした。会うのは、年に数度だったが、堅久良は、その度に優しく微笑《ほほえ》んだ。

細い目をいっそう細くして、とても嬉《うれ》しそうに。

――貴女に会えると、よいことが起きる気がする。

それと知らぬとはいえ、呪いを背負った六勾妹《むまがりのいも》相手に、ずいぶん呑気《のんき》な感想を持ったものだ。呆《あき》れてしまったのを覚えている。

そうして、気づけば明緋も、彼に会う度笑っていた。

(新王が堅久良なら、すぐに話は終わる……はず)

我が身の潔白を、堅久良ならば信じてくれる——そんな気がした。

女王《めのきみ》として彼の横に並ぶ紫夕《しゆう》は見たくないが、やむを得ない。話をつけねば命が危うい
のだから、避けられない不快さだ。

足早に、兵舎の裏から拝舎《はいしゃ》の裏へと回ったところで——

パンッ！　と斎庭《いつきのにわ》から張りつめた革を破る音がした。

わぁっと喚声が聞こえ、拍手が続く。

(競射《きょうしゃ》だわ！)

斎庭で行われる、弓を用いた行事など他にない。明緋の目はキラリと輝いた。

競射は、特別な行事の際に行われるものだ。

明緋は今、弓の腕を披露できる場に立ち、兵士の服を着、弓矢を持っている。

胸が高鳴り、弓を握る手には力がこもった。なんという幸運だろう。

(でも、なんの儀式？　即位式のはずはないし……推名《すいな》の競射でもないはず。那己彦《なみひこ》は、
新たな王の話をしていたもの)

あの忌まわしい皇子《おうじ》が、コタリの森を訪ねてきたのが半月前。豊日国とコタリの森は、移動におおよそ半月かかる。那己彦が豊日国を出発したのは、今から一ヶ月程度前だと推測できる。つまり、三の月の終わり頃までに、新たな王の即位式は済んでいるはずだ。

王の崩御後、次の王が即位するまでに、月の二巡を要する。

この間、王の後継者は、仮王《かりのおう》という立場だ。

前王《さきのおおきみ》の殯《もがり》が月一巡。埋葬と同日に、女王を選ぶ星媛《ほしひめ》の試練がはじまる。試練の期間が月一巡。女王の選と即位式は、同日に行われるものである。

競射が行われるのは、正月を除けば、星媛の試練の初日と即位式の当日のみ。

新たな王が立って一ヶ月。競射の行われる機会はない――はずだ。

（この際なんでもいいわ。私は運がいい）

小さく、ふ、ふふ、と笑って、明緋は大きく一歩を踏み出した。

「ヒオカ領、ハナミシの息子、ハナヨキ」

射手《いて》の名が呼ばれ、大きな拍手が起きた。

競射は神事である。それもこの場に立てるのは、生涯に一度のみ。どれほどの名手であろうと例外はない。晴れの舞台だ。観衆の応援にも熱がこもる。

「我が望み叶《かな》うならば、この矢よ、当たれ！」

白い石畳の斎庭に入り――視界が広がると同時に誓約の言葉が響き、パン！　と小気味よい音が立つ。

わっと喚声と上がった。

斎庭には、細長い二つの拝舎が東西にある。西側の拝舎には、豪族の長《おさ》たちがざっと三十人。東側には、大臣をはじめとした王の直臣《じきしん》が並ぶ。

この観衆を前に、あの小さな的。それも生涯一射。過たず射るのは簡単ではない。

だが、明緋には自信がある。

ずんずんと白い石畳の上を進んでいく。

(堂々と名乗ってやるわ。二度と紫夕が手出しできないよう、潔白を証明してみせる)

斎庭の北には、聴宮《きこえみや》がある。王、女王、皇子、王女《ひめみこ》らは、庇《ひさし》のある露台に座す。今は半ば簾《すだれ》が下りているため、そこに座す者の姿は見えない。

「ハナヨキ。望みを述べよ」

拝舎の東、聴宮に最も近い場所に立つ斎人《いつきびと》に促され、弓を持った兵士が膝をつく。

「我が望みは、コウシ領、ノジク将軍の娘――」

その斎人の顔が見えた途端、すべての音が消え失《う》せた。

蛇に似た酷薄そうな白い顔。つるりとシワがなく、目は糸のように細い。眉尻の位置が低い独特な形には、見覚えがある。

（あの男——あの……）

七年前、明緋をノテ川まで連れていった男。

斎人は髪を短く刈っているので一目でそれとわかる。競射は神事だ。斎人がいるのは当然だが、この場にあの男がいようとは、想像もしていなかった。

それも、手には茅《かや》を巻いた杖《つえ》がある。——斎長の証《あかし》だ。

（あの男が、斎長に……）

堂々と名乗るつもりであったのに、もう足が竦《すく》んでいた。

前の参加者への拍手がやみ、人々の目がこちらに注がれた。あの男の目までが。

「次の者」

「——明緋か？」

突然呼ばれて、明緋は弾《はじ》かれたように声のした方を見る。

聴宮の簾の向こうから——背の高い、若い男の姿が見えた。

白い筒衣《とうい》と袴《はかま》。紫紺の腰紐《こしひも》には宝剣。そして頭には簡素な木冠。木冠は仮王の証しである。つまり、前王の崩御から二ヶ月以内で、即位式も終えていないということだ。

「堅久良……？」

青年が簾を上げ、階を下りてきた。

「やはりそうか！　皆、明緋だ。前王の一の姫が、ミジウから戻ってきたぞ！」

庇の影が切れ、顔がはっきり見えた。

面長な顔立ちの真ん中に、存在感のある鷲鼻《わしばな》。だが――違う。

堅久良ではない。が、よく似ている。

「もしかして、貴久良《たかくら》……？」

考えられる候補は一人。堅久良の弟の、貴久良に違いない。

「そうだ。久しぶりだな、従妹《いとこ》殿！　よく戻ってくれた！　しかし、その格好は……そうか！　競射に参加するのに、わざわざ兵士のなりまでしてきたのだな！」

貴久良が、仮王の姿で斎庭にいる。

それも、明緋を見て嫌悪を示していない。ミジウ、という地名まで出てきた。

（私がどこにいたか知らないの？　仮王なのに？）

どうにも不可解だ。

仮王の座にあるならば、前王から祭祀《さいし》にまつわる秘事を伝え聞いているはずである。

（おかしい。……計算があわないわ）

このおかしな状況の辻褄《つじつま》をあわせるには、前王と貴久良の間に、王なり仮王なりが立ち、かつ消えた――と考える必要がでてくる。

明緋は青ざめた。消えた王にぴたりとはまるのは、堅久良以外にいない。

(まさか……いえ、まだそうと決まったわけではないわ)

すぐにも問いたいところだが、ひとまずこの場を凌《しの》ぐのが先だ。

「えぇ、そうよ」

貴久良の認識は事実と違うが、修正する手間を省いた。どうせ、すぐに去る。

「これは勇ましい。だが、この場は私に任せてくれ。――弓を」

貴久良が言うと、近習《きんじゅ》が弓と矢筒を持ってきた。

「待って、貴久良。ここは私が。自力でしなくちゃ意味がないのよ」

身の潔白を示すのに、人の手は借りたくない。

「そう言うな。――頼む。私を助けてくれ」

貴久良は、少し屈《かが》んで明緋の耳にそう囁《ささや》いた。

意味はわからなかったが、いったん明緋の制止は中断される。その隙に、貴久良は矢を番《つが》えていた。

斎長が拝舎から出てきて「お待ちを」と貴久良を止める。

「推名の競射に、仮王自らが射手を務められるなど……前例がございません」

「女王は、最も功のあった者。変更はない。誰が推そうと構わんだろう」

明緋の顔色は、その会話の間に失われていた。

(これ、推名の競射だったの？……嘘《うそ》でしょう⁉)

星媛の試練は、女王を選ぶ神事だ。

推名の競射において見事に一射を的中させた射手は、星媛に相応《ふさわ》しい娘の名を挙げる。

――要するに、後ろ盾になる実家が用意した弓の名手が、その娘の名を挙げるのだ。

「ま、待って。貴久良。私、星媛になるつもりなんて全然なくて――」

明緋は、慌てた。とんでもない誤解である。

事情を話そうにも、この衆目の前で、六勾妹だ、と言うこともできない。呪いを背負う者だ。忌まれる様は想像に難くなかった。

(斎長《いつきおさ》も、どうして止めないのよ！　ここはきっちり止めるところでしょう⁉)

ちらりと見れば、誰より強く止めるべき斎長は、すっかり制止を諦めた様子だ。

明緋が戸惑っているうちに、貴久良は弓を引き絞っていた。

「我が望み叶うならば、この矢よ、当たれ！」

せめて外れてくれ――と祈ったが、放たれた矢は、パン！　と派手な音を立て、的を射《い》貫《ぬ》いていた。

（あぁ……なんてこと！）

わぁっと大きな歓声と、拍手が沸き上がる。さわやかな笑顔で、貴久良は諸臣の歓迎に応《こた》えた。

もはや幸運どころではない。災厄の上乗せだ。

「仮王・貴久良。望みを述べられよ」

「前王・鎌日人《かまひと》の娘、明緋を星媛に推す」

いっそう強い歓声が上がる。

完全に、止める機を逸してしまった。

（これじゃあ、戻ってきた意味が全然ないじゃない！）

野心などない、潔白だ、と訴えたかった。得意の弓で証明する絶好の機会が目の前にあったにもかかわらず、まったく不本意な方向に事態が転がっている。

「他に射手がなければ、これにて決す。星媛の三名は、仮王の前に跪《ひざまず》くよう。——前王・鎌日人の娘、紫夕」

斎長の声に、軽やかな衣《きぬ》ずれの音が応じる。

聴宮の階《きざはし》から、娘が下りてきた。白い衣《ころも》と裳《も》に、領巾《ひれ》と腰紐とが鮮やかに紅《あか》い。

七年会わずとも、見間違いはしない。なにせ顔は瓜二《うりふた》つ。川面《かわも》に映る姿とそっくりだ。

艶《つや》やかな黒髪が背に流れているのは、未婚の娘の証しである。

かえすがえすも、那己彦の言を鵜呑《うの》みにした自分が愚かに見えてきた。紫夕はまだ、誰の妻にもなっていない。

（なんなの一体！　聞いていた話と全然違う！）

自ら情報を集めていれば、こんな事態にはならなかった。自分の短絡が悔やまれる。

紫夕は、階の最後の一段を下り切らぬまま、はっきりとした侮蔑を視線にこめてきた。

「あぁ、くさい」

小さく呟《つぶや》いた紫夕の一言は、明緋に向けられたものだ。

幼い頃から、何度も繰り返された、新鮮味のない罵倒である。久しぶりに聞いたが、以前と変わらず腹立たしい。

「コウシ領ノジクの娘、キリ」

次の娘の名が呼ばれると、紫夕は仮王《かりのおう》の前に膝をついた。

階を下りてきたのは、領巾も持たない小柄な娘であった。淡い桃色の腰紐が初々しい。

（キリ……父親のノジクというのも、知らない名だわ。少なくとも、王族ではない）

七年も経《た》てば、重臣の顔ぶれも変わって当然だ。きっと、明緋が国を出たのちに台頭した豪族の娘なのだろう。新興とすれば、他国から移住してきたのかもしれない。目鼻立ちのくっきりとした──人のことは言えないが──紫夕と並ぶと、いかにも大人しやかな印象である。

「前王《さきのおおきみ》・鎌日人の娘、明緋」

すでに、紫夕とキリは、仮王の前に膝をついている。

（しょうがないわね……ここはやり過ごすしかなさそう）

貴久良が生涯一度の競射《きょうしゃ》に成功したのに、水をさすのも申し訳ない。明緋は星媛の列にいったん加わることにした。

「神々と仮王の前に宣言する。次の満月までに、最も多くの功を示した者を女王《めのきみ》に任ずる。──星媛は他者との婚姻をせず、身を清らかに保つこと」

女王は、ただ前王の娘というだけで就ける座ではない。なにもしなければ、なにも起きはしないのだ。なにもしなければ、野心のないことも証明できる。

（……ん？　ちょっと待って）

この時、明緋の頭に稲妻に似たものが走った。

（そうだわ！　明日にもすぐに棄権すればいいのよ！　それで紫夕も黙るわ！）

明緋は自身の思いつきに、拍手喝采を送った。

女王の座など要らぬ、と行動で示せばいいのだ。これ以上の、潔白を示す方法はないだろう。神話めいた、完璧な計画だ。

斎長は、一人一人に木冠を捧《ささ》げていく。

仮王と同じ、簡素な木の冠が、明緋の頭にも載った。

「星媛は、これより神々に連なる者となる。ゆめゆめ、その行いを妨げぬよう。星媛同士の妨害は指弾《しだん》の論《ろん》にて明らかにすること。妨げは国に禍《わざわい》をもたらすであろう」

斎長が拝舎に向かって言えば、諸臣は頭《こうべ》を垂れた。

——禍。

その言葉が、ざらりと心の襞《ひだ》を逆なでる。

「三名の選出を、嬉《うれ》しく思う。古式に則《のっと》り、私から神兵五十と銭五十を贈る。紫夕、キリ、明緋。三名の上に神々の寿《ことほ》ぎがあるよう。正しき女王の選ばれることを切に祈る」

貴久良が三人の星媛らを激励し、拝舎からは拍手が起きた。

淡萌黄《あわもえぎ》の筒衣《とうい》の女官が三人、星媛の前で一礼し、先導しはじめる。そのあとについて聴宮の階を上った。

政を行う聴宮は、王《おおきみ》と女王の住まいである奥宮《おくみや》に繋《つな》がっている。

奥宮の建物には、外側をぐるりと囲む、庇《ひさし》に守られた外廊がある。

中央が女王の宮。東に王の宮があり、西には前女王や、前王に連なる者の住まう宮がある。まっすぐ向かったのは、中央の宮である。

やっと拍手の音が遠くなった頃、女官が「仮王は、ご即位まで聴宮でお過ごしになられます」と言った。

他の二人のためではなく、突然現れた明緋に対して説明してくれたのだろう。

明緋が案内されたのは、北端の部屋だった。

扉を開け、やや広い土間で沓《くつ》を脱ぐ。女官らの木沓は踵《かかと》の部分がないので、部屋に上がるにも余計な動作を要しないが、こちらは山から下りてきたばかりだ。脛《すね》に結んだ紐《ひも》を、幾つも外す必要がある。

手伝わせていただきます、いえ結構、と押し問答の末、女官は「では、着替えを持って参ります」と諦めて去っていった。

(美宮で沓など脱がないと思っていたのに。……なにが起きるかわからないものだわ)

事の流れは、明緋の想像していたものとはまったく違ってしまった。

沓を脱ぎ、部屋を見渡した。目隠しの几帳《きちょう》を越えれば、その向こうの一段高くなった場所に円座が置いてある。

七年前までは、この風景が日常だった。

几帳に円座。白木の建物。女官たちの淡萌黄の筒衣。

ここにいると、自分が失ったものの大きさを見せつけられる。

(違う。失ってなどいない。コタリの森では多くを得たのよ。マシロとも出会えたわ)

豊日国では、呪われた禍でも、コタリの森では善なることをする呪師《まじないし》であった。

早く、この国を出たい。

雪の残るコタリの森が恋しくなる。今は人に預けた、頼もしい相棒のことも。

「それでは、お支度をさせていただきます」

戻ってきた女官は、他も数人連れていた。あっという間に、顔を洗われ、髪を梳《くしけず》られ、女官たちの形相も尋常ではなく、断る暇もない。

そのままの勢いで腰紐《こしひも》を解かれかけたので――

「あとは、自分でするわ」

明緋は、女官の手を止めた。女官たちは、戸惑いを顔に出す。

「ですが――」

「几帳の向こうで待っていて。済んだら呼ぶから」

やや、声が大きくなった。女官たちは、静かに几帳の向こうに下がる。

着替えを終えて声をかければ、女官たちは何事もなかったようにせっせと作業に戻った。

おおよそ、姫君らしい姿に近づいた頃——パタパタと、足音が聞こえてきた。

木沓で音もなく女官のそれとは違う。貴人の柔らかな沓の音だ。歩幅も大きい。きっと貴久良だ。

「仮王のお越しです」

女官の一人が、恭しく告げた。

簾《すだれ》がゆるりと上がり、貴久良が「失礼する」と声をかけつつ部屋に入ってくる。

女官たちは明緋よりも頭ひとつ小さいので、もともと背の高い貴久良は、先ほどよりもよほど大きく見えた。

「明緋！ まさか貴女《あなた》の方から来てくれるとは思わなかった！ ありがたい！ 私は幸運だな。救いの女神。我がソハヤヒメよ！ 美しい郎女《いらつめ》になったものだ！」

ソハヤヒメとは、戦の女神だ。冤罪《えんざい》で天界を追放されながら、その危機に駆けつけ、天界を救ったとされる。その功をトヨヒノミコトに捧げ、彼の妻となった。トヨヒノミコトは王の祖。ソハヤヒメは女王の祖である。

そんな大層なものになぞらえられては、苦笑するしかない。

貴久良は、女官が手早く用意した円座に、ゆったりと座った。

「……いろいろと、話さなくちゃいけないことがあるの」

「まぁ、ひとまず酒でも飲んでくれ。長旅だったな」

簡単な貴久良の手振りで、女官たちが音もなく部屋を出ていく。

木杯に、まろやかに濁った米の酒が注がれる。

山の酒はだいたい酸いが、美宮の酒は香りも上品だ。

明緋は貴久良の杯にも酒を注ぎ、互いに杯を掲げて一口飲んだ。

「先に一つだけ教えて。父はいつ……世を去ったの？」

もう豊日国と縁はない、と思ってはいるものの、やはり問わずにいられなかった。

母より叔母《おば》を愛し、明緋より紫夕を慈しんだ父だが、厭《いと》う気持ちまではない。

「そうか。それもミジウには知らされていなかったのだな。――順に話そう」

「ええ、なにも知らなくて。こちらに来て驚いてばかりよ」

明緋がいたのはミジウではないが、あとでまとめて話すことにした。

六勾妹《むまがりのいも》と打ち明ければ、会話が成り立たなくなる恐れもある。

「年明けに女王《めのきみ》が――前王の四人目になる妻が身罷《みまか》った。日を置かず、前王も病に臥《ふ》されてな。世を去ったのは、二の月のはじめだ。――その後、堅久良が仮王になった」

貴久良の声が暗い。

「まさか……」

「仮王のまま、世を去った」

胸を押さえ、明緋は心の痛みに耐えた。

「……あぁ、そんな。早すぎるわ」

残念なことに、嫌な予感は的中してしまった。まさか――と思っていた、最悪の事態だ。

溢《あふ》れてきた涙を、明緋はそっと袖で押さえた。

「突然でな。朝に倒れて夕には、もう。推名の競射の前日だった」

「そう……今日が推名の競射だったんだもの、亡くなったのは一ヶ月前よね。……あぁ、じゃあ、堅久良の埋葬は――」

「今朝、済ませたばかりだ」

ただただ、悲しい。明緋は、形よい眉に憂いを示しながら、杯を空ける。

「……ずいぶんと重なったのね。悲しいことばかり」

女王の死、王の死。そして仮王の急死。

年明けから春の間までに、立て続けに訃報が続いたことになる。

(似ているわ。七年前に)

七年前も、よく似た状況だった。嫌でも思い出してしまう。

「あぁ、まったくだ。あまりに急で前王から堅久良へは伝わった秘事が、堅久良から俺には伝わらなかった。仮王《かりのおう》とは名ばかり。右も左もわからん有様《ありさま》だ」

貴久良が杯を空けたので、また互いの杯に酒を注ぎあった。

(どうりで、話がかみあわないと思ったわ)

仮王ならば知っているはずの事柄を、貴久良は把握していなかった。偶然にも重なった死が、この不可思議な状況を作ったようだ。

「斎長《いつきおさ》は存命じゃない？　秘事の一部くらい伝えてくれてもよさそうだけど……」

「秘事の口伝は、即位してからだそうだ」

明緋は、眉をひそめた。これだけ凶事が続いているというのに、なぜそのように悠長なことを言うのか、理解できなかった。

だが、いら立ちはすぐに消える。これは他人の国の話だ。深く関わるべきではない。早く事を済ますべく、明緋は杯を空けてから、本題を切り出した。

「それで――秘事にも関わる話なんだけど……私、ミジウにいたわけではないの。ノテの川の向こうで暮らしていたわ。――七年前、六勾妹として生贄《いけにえ》に選ばれたから」

「――……」

カタ、と音を立て、木杯が転げた。

貴久良は、細い目を見開き、固まっている。

「ごめんなさい。あの場で言うわけにもいかなくて」

「……幻か？　生きて、いるのか？」

「生きてるわ。川の下流まで流されて、そこで人に助けられたの」

「そうか……いや、それは僥倖《ぎょうこう》だ」

「つい半月前までは、北部のハジ山のコタリの森で、呪師として暮らしてきたわ」

「信じられん……貴女が六勾妹であったのにも驚いたが……あのノテの川を越えて、生きていた者がいようとは」

取り落とした杯を拾い、貴久良は手酌で注いだ酒をぐいと呷《あお》った。

「前例はないそうよ。川に入る前に聞かされたわ」

生きて戻った者はいない、と、あの今は斎長になった男が、祭壇の前で言っていた。

貴久良は、もう一度「信じられん」と繰り返す。その表情に嫌悪の色は見えない。明緋は安堵《あんど》した。

「そうか……そうだったのか。まさに、ソハヤヒメの再来だ！　よく来てくれた！」

さぁ、と貴久良が、また酒器を傾けてくる。

明緋は、思いがけない歓迎に「ありがとう」と伝えた。

「王族の権限で、月の一巡の間だけ現世《うつしよ》に留《とど》まっているだけ。すぐに帰るわ。安心して」

「いや、待ってくれ。事情を知る斎長が止めなかったのだ。なにも問題はあるまい」

「明日、辞退するつもりよ」

「いやいや、諦めるのはまだ早い。貴女は、私の招きに応じてくれたのだろう？」

目をぱちくりさせ、明緋は「え？」と聞き返した。

なにやら、話が食い違っている。

「私が推名の競射《きょうしゃ》に参加したのは、ただの成り行きよ」

貴久良は、冠の載った頭を押さえ「ややこしい」となった。

「あぁ、そうか……ミジウに送った使いに応じたわけではないのか。神々の思《おぼ》し召しとしか思えぬ機であったゆえ、見失った」

「ミジウに？――私に用でもあった？」

辺境の祀殿《しでん》にわざわざ報《しら》せを寄越《よこ》すとは、なにがあったのだろう。

単純な質問だったが、問うた途端に後悔した。

（あぁ、もう！　聞き流せばよかった！）

後悔したが、遅い。会話はそのまま進んでしまった。

「――星媛の試練に参加してほしい、と。貴女には、女王になってもらいたいのだ」

がばっと貴久良は頭を下げ「頼む」と言った。

明緋はぎょっとして、両手を横に振った。

「ちょ……ちょっと待ってよ。ひとまず頭を上げて……あのね、私、野心なんてありませんよって言うためだけに戻ってきたの――あぁ、順を追って話すけど、実は――」

明緋は慌てて、頭を上げた貴久良に経緯を話した。

コタリの森で助けた迷い人が、迦実国《かみこく》の皇子《おうじ》であった――というところから。第五やら第八やらの数字は省き、名も口にしなかった。意味のない情報だ。

大事なのは、前王《さきのおおきみ》の娘たる王女《ひめみこ》が、縁談を蹴って新たな王《おおきみ》と結婚していた――という豊日国側の礼を失した対応だ。迦実国の出方次第では、大きな問題に発展しかねない。

次に、自分が住んでいた家を焼かれたことを伝えた。刺客は豊日国の兵で、街道ぞいの村まで追手は迫り、明緋と迦実国の皇子を捜していた、と。――兵士が妹の存在を示唆したことは、あえて言わなかった。

紫夕の足を引っ張ってやりたいのは山々だが、今は仮とはいえ同じ星媛の立場。告げ口は公正さを欠くと思ったのだ。伝えるのは去り際でいい。

「紫夕か？」

だが、貴久良は迷わずそう問うた。

「え――？」

「……確証はないの。ただ、それと知る者も多くないから……」

そう問われては、否定が難しい。曖昧さを残すのがせいぜいだ。

「ふむ……」

貴久良は顎に手を当て、一つ唸《うな》った。

「野心なんてないのよ、本当に。競射に出ようと思ったのは、我が身の潔白を示すため。まさか推名の競射だなんて思わなくて。いったん星媛になったのだって、棄権するのが目的だった。……この七年、旅人を助け、彼らから聞く各地の伝承を集めて暮らしていたわ。楽しかった。この国では忌まわしい禍《わざわい》でも、ノテ川の向こうにいれば、善なる者でいられたの。これからもそうして生きていたい」

一気に話し終えてから、明緋は杯を空ける。

「貴女の思いはよくわかった。……しかし……迦実国との縁談の話は、初耳だ。まったく、参ったな」

心底疲れた、とばかりの顔を貴久良はした。ため息も重い。

迦実国は、西の覇権を握る大国だ。いかに豊日国が東の大国といっても、格においては並ぶか、こちらがやや下か。兵力においては圧倒的に劣る。当然、縁談を蹴るような真似《まね》は許されるものではない。

「新たな王が王女を妻にした、と迦実国の皇子が言っていたわ。皇子が豊日国にいたのは一ヶ月前よ。三の月の終わり頃のはず」

「……堅久良が死んだのは、延期されていた推名の競射の前日だ。たしかに、三の月の末だな。その新たな王というのは仮王だった堅久良だろう。紫夕はもともと堅久良の星媛候補だった。その時期に他国の者が話を聞けば、そのように聞こえたのかもしれん」

たしかに、他国の者には仮王という地位もわかりにくいだろう。一夫多妻の迦実国から来たならば、候補者が複数人いても、すべて妻になった、と理解されたかもしれない。

那己彦の言も、早とちりはあるにせよ、嘘《うそ》ではなかったようだ。

「あぁ……なるほど。なんとなくわかったわ」

明緋は杯を置いて腕を組み、何度か頷《うなず》く。おおよそ、謎は消えた。

「本音を言おう。――私は、紫夕を女王にしたくない」

ひそりとした声で、貴久良は言った。

明緋は、眉を寄せる。

紫夕は、生まれた時から女王になるべき存在だった。

前王の娘で、豊かな私領も、私兵さえ持っている。功などいくらでも上げられるだろう。勝ちは確定したようなものだ。

「それは……難しいんじゃないかしら。もしかして、さっきの話のせい？」

「理由は今の話とは別だ。女王《めのきみ》の座に就かれては手に負えなくなる。なんとしても即位を阻みたいのだ。力を貸してくれ、明緋」

ここまで強く貴久良が言うからには、よほどの事情があるのだろう。

だが、知りたい、とは思わなかった。きっと不快になるだけだ。

「では、キリを応援してはどう？」

「キリの父親は、ノジク将軍だ。彼の野心は国を脅かしかねない」

星媛は三人。

最有力候補の紫夕は、絶対に避けたい。もう一人の候補のキリは、父親が厄介。明緋にいたっては、棄権を前提とした参加だ。

「……誰もいなくなるじゃない」

「貴女《あなた》がいる」

やっと話が読めてきた。

星媛の候補者は二名。どちらも選びたくない。

そこに、都合のいいもう一人の王女が戻ってきた——というわけだ。明緋の顔は、まずいものを食べたように渋くなった。

「よしてよ。棄権するって言ったじゃない」

「こういうのはどうだ？　貴女《あなた》が試練に勝つ。勝つが、女王の座は辞退する。後継を適当に指名してから国を去るのだ。──惜しいが、ここは私も妥協しよう」

「それ、私になんの益もないわ」

「貴女が棄権しただけで、あの紫夕が、おとなしくなると思うか？　また他国からの縁談があったら？　夫や子を持つことになったら？　貴女の安全は簡単に脅かされるぞ」

「それは……」

紫夕の攻撃は、いつでも彼女の気分だけを動機に行われてきた。

六勾妹《むまがりのいも》の運命は逃れられない。明緋は常に居場所を申告する必要がある。死ぬまで紫夕に把握され続けるということだ。

明緋の心は、揺らぐ。

「暮らしに困らぬよう惜しまず援助する。美宮の蔵にあるものをなんでも持っていってくれ。気が変わったら、いつでも国境《くにざかい》近くに領地を進ぜよう。──よし、交渉成立だ」

「待って！　そんな簡単な話じゃないわ！」

棄権は一言で済むが、試練に勝つには功が要るのだ。難易度に天と地ほどの差がある。

「迷う余地はないだろう。安全と自由。すべてが手に入る」

すべて――と聞いて、明緋は考えを巡らせた。

紫夕の即位を阻止すれば、明緋の安全は守られる。

そればかりか、積年の憂さも晴れる。斎庭《いつきのにわ》で明緋の名が呼ばれた時、彼女はどんな顔をするだろう。

(たしかに。一矢をもって、二兎《と》を射る……というわけね)

ふ、ふふ、と明緋は笑った。

貴久良は、怪訝《けげん》そうな顔で「酔ったのか？」と問うてくる。明緋は明るい笑顔で「いいえ」と答えた。

これは、完璧な計画だ。なにも失わず、すべてを得る。

「試練に勝ち、得た女王の位を誰ぞに譲って去る――面白い。やりましょう」

手酌で注いだ酒を飲み干し、明緋は笑顔で宣言したのだった。


試練に勝つためには、功を挙げる必要がある。

功だ。

(まったく思いつかなかった……)

昨夜は、旅の疲れに酒の酔いが重なって、床に横になってからの記憶がない。

敷いていた鹿革の上で、ゆっくりと身体《からだ》を起こす。

辺りはすでに明るい。――無策のまま、朝が来てしまった。

（なにをすればよいやら……さっぱりだわ）

女王の座を射止められるだけの、功。

考えれば考えるほど、わからなくなる。

昨日、着替えを断ったからか、衣類は手の届く位置にもう用意されていた。

腰紐《こしひも》を結んで着替えを終えようとした時、簾《すだれ》の向こうで「きゃあ！」と悲鳴が上がった。

（なんの騒ぎ？）

サッと立ち上がり、簾を跳ね上げる。

「明緋様、お戻りを！」

見てはなりません！　と身を寄せあって震えていた女官が叫んだが、もう遅い。

庭に面した外廊が、赤く染まっている。――血だ。

白い毛が見え、ゾッとする。

頭だ。首だ。犬の首が、そこに転げていた。

（まさか――マシロ？）

いや、違う。マシロにしては小さすぎる。

相棒ではなかったが、強い怒りは避けようがない。

（なんて惨《むご》いことを……！）

明緋の愛犬と同じ毛の色だというだけで、この犬は殺されたのだ。

駆けつけた衛兵が、片づけろ、と指示を出している。

「まぁ、明緋様。手に血が！……すぐにお拭きします」

明緋は「自分でできるわ」と女官の手伝いを断った。井戸の場所は知っている。

「あの犬を、弔ってほしいの。なんの罪もないものを。……気の毒に」

衛兵に頼む声は静かに抑えたが、頭の中は怒りでいっぱいだ。いっそこのまま、紫夕の部屋に怒鳴り込んでやりたい。

だが、それではダメだ。紫夕は聞き流す。――これまでもそうだったように。

今は耐えねば。明緋は紫夕に勝たねばならない。勝負は狩りと同じ。矢を放つのは、急所を狙えるとわかってからだ。

いら立ちを抱えながら、大股で外廊を歩く。

花が――井戸のあたりに、花が見えた。人がいる。

見えた花は、小柄な娘が頭に飾ったものであった。かがんで布を洗っているらしい。

「おはよう」

声をかけると、娘はパッと振り返った。二人目の星媛のキリである。

ひどく驚いた顔をし、それから瞬きを繰り返している。

(あぁ、紫夕と見間違ったのね)

驚きの理由を察して「明緋よ。紫夕の姉の」と名乗る。

するとキリは、柔らかく笑みを返した。頭の木冠に飾られた白い花は、彼女の穏やかな雰囲気によく似あっていた。

「おはようございます。明緋様。あの、これは……」

キリが隠そうとしたのは、洗っていた布だ。

「あぁ、大丈夫。誰にも言わない。約束するわ」

「部屋の前に血が撒《ま》かれていたのです。皆に心配をかけたくなくて……」

明緋は手を洗いながら、小さくため息をついた。

(相変わらず、弱い者虐《いじ》めをしてるわけね)

血の量の差は、憎悪の差か。

昔からそうだった。虐めは彼女が飽きるまで続く。

キリが、ぎゅう、と絞った布を、松の枝にかけようとしている。背の低い彼女には難しいようで、手こずっていた。

「手伝うわ。貸して」

明緋は、布を松の枝にひょいとかけてやった。

「まぁ、ありがとうございます。明緋様は、妹君とお顔立ちが似ておられるだけでなく、上背も同じほどおありになるのですね」

あの妹と比べられるのが、明緋は好きではない。

だが、人がそうと口にせずにはいられないだけ、似ている自覚はある。

「よく言われるわ」

「私、二年も紫夕様のお側《そば》におりましたのに、一瞬見間違えました」

「……貴女、紫夕に仕えていたの？」

キリは笑顔で「はい」と答えた。

豪族の娘が、年若いうちに奥宮《おくみや》づとめをするのはよくある話だ。

あの癇《かん》の強い紫夕に仕えるのは、さぞ気苦労も多かったろう、と同情する。

「その紫夕様と星媛として名を連ねようとは、恐れ多いことです」

言葉の最後は、聞き取れぬほど細い。

野心家の父親が、気乗りせぬ娘を試練に参加させた、といったところだろうか。

「なにかあったら、いつでも相談に乗るわ」

紫夕の虐めが、この一度で終わるとも思えない。困ったときは、助けあうべきだ。

明緋が笑顔を向けると、キリはぽかんと口を開けた。

「あ……申し訳ありません。あんまりお美しいので、つい見惚《みほ》れてしまいました。王族の皆様は、背が高くて本当にお美しい」

紫夕の侍女を務めていたのなら、この顔にも見慣れているだろうに、と思ったが、明緋は困り顔で苦笑するに留《とど》めた。

「たしかに王族は代々、背の高い者が多いわね。父もそうだし、貴久良も背が高いわ。トヨヒノミコトは天から来たっていうけど、きっとどこか他の地域から来たのだと思うの」

豊日国のある台地にもともと住んでいたのは、山人《やまびと》であった。半分は山人としての暮らしを守り、半分は外部から来た人々と交わり里人《さとびと》となった。山人は総じて小柄であるので、比較すると外部の血が守られた王族ほど、背が高いように見えるのだろう。

「あぁ、そう言えば大陸の方は背が高いと聞きますね。私の父は、南部の生まれです。父が言うには、南部の人は総じて小柄だとか。背ばかり高い者は役に立たぬので、洞《うろ》だらけの大木——あぁ、これは失礼いたしました！　決して王族の皆様のことではありません！」

キリは慌てて口を押さえた。

失礼だ、などとは思わない。そんなことより、南部、と聞いた明緋の目は輝く。

「まぁ、お父上は南部の方！……では、門に赤い獅子《しし》を置いているの？」

「ご存じですか！　たしかに、門のところにございます」

手を下ろしたキリの頬には、明るい笑みが浮かんでいる。

この顔は、喜んで話をしてくれる人の顔だ。

昨年、コタリの森に迷い込んで死にかけた兵士も、嬉々《きき》として赤獅子《あかじし》の話をしてくれた。

だが——惜しいかな、今は時間がない。

「近々、お部屋を訪ねても構わない？　赤い獅子の話、聞かせてほしいの」

「是非、いらしてくださいませ。楽しみにお待ちしております」

明緋は、後ろ髪引かれる思いで踵《きびす》を返した。

今は、とにかく功だ。なにをおいても、功だ。

憎き紫夕を排し、明緋は自由を得る。

外廊に上がり、部屋へ戻ろうとしたところで——

「……ッ！」

いきなり袖を引かれ、どこぞの空き部屋に連れ込まれた。

淡萌黄《あわもえぎ》の筒衣《とうい》が見える。女官だ。

どん、と背に柱がぶつかり、顔が近づいた——途端、明緋は目を大きく見開いていた。

その女官の顔を——明緋は知っていた。

「話が違うぞ、明緋」

女官の口から男の——聞き覚えのある——声が飛び出した。那已彦だ。

「え——な、那已彦……？」

どうして、那已彦がここにいるのか。

美宮の、それも奥宮に、女官の格好をした、他国の皇子《おうじ》がいる。

幾重にも、とんでもない事態だ。

「あの男の求婚に応じるのか？　考え直せ。俺の方が、多くの益を与えられる！」

明緋は、女官の姿をした那已彦をじっと見つめた。

（驚いた！　喋《しゃべ》らなかったら、男だと気づけないわ）

どうやって女官の着物を手に入れ、髪まで結ったか知らないが、実によく化けている。

薄化粧も上品だ。喉ぼとけも、うつむいていれば気にならなかった。

驚きはしたが、気圧《けお》されてばかりもいられない。

「厄病神がなんの用？　二度と関わるな、と言ったはずよ」

明緋は、ぐいと那已彦の胸倉をつかむと、ぐるりと身体の位置を入れ替えた。

どん、と那己彦の背が、柱にぶつかる。

「ずいぶんあの男と親しげだったな。一刻もの間、差し向かいで酒を酌み交わし、ずっと見つめあって話をしていた。あの男は貴女《あなた》のなんなんだ？」

「なにって……親戚よ。従兄《いとこ》なの」

「とても楽しげだった。俺の前で、あんな顔を見せたことはない。俺の方が、貴女を強く思っているというのに！」

目の前の男の、大きな瞳は潤んでいる。

（なんなの？　これ。どういうこと？）

明緋は混乱した。

相手は、自分に災厄をもたらした厄病神だ。そんな男に、どうして明緋が不義の言い訳めいたことを言わされているのやら、さっぱりわからない。

「貴久良とは、七年ぶりに会ったわ。積もる話くらいはあるわよ。親戚なんだから」

久しぶりに会った親戚との会話は、おおよそ誰それが死んだ、結婚した、子供が生まれた、そのあたりが中心になる。昨夜の会話も、その例に漏れない。

「あれが貴久良か。――堅久良というのは？」

ところが、堅久良の名が、那己彦の口から出た途端――明緋の心は揺れていた。

「か、堅久良は……」

目をそらし、言葉に迷う。

再び那己彦に目線を戻せば、彼の目は猛禽《もうきん》のごとく鋭くなっていた。

「特別な男なのか？　将来の約束でも？」

「親戚……ただの、親戚。従兄よ。貴久良の兄なの」

「いや、親しかったはずだ。――妬ましさで、腸《はらわた》が煮えくり返る」

「亡くなっていたわ」

「死者との思い出ほど、美しいものはない。貴女の心を奪った男が、憎くてならん」

くらくらと目眩《めまい》がしてきた。

妬むだの憎むだのと、まるきり恋仲の男女がする会話だ。

（よほど頭に血が上ってるのね。……背伸びまで忘れるなんて！）

だいたい、姿こそよく化けているが、声は男のそれだ。会話の内容も、一方的ながら痴話喧嘩《ちわげんか》。星媛の条件には、身を清く保つことも含まれるというのに、迷惑極まりない。

「そんなことより、どういうつもり？　こんなところに、そんな格好で来るなんて！」

「まだ、俺は貴女に益を示していない。貴女も、俺が示す益を見ていない」

コタリの森ではじまった求婚の続きをしに来た――ということらしい。

だが、そんな話を真に受けるほど、こちらもバカではない。

「情報が欲しいなら、美宮の内通者を使えばいいじゃない。そんな格好……バレたらどうするの？」

「俺は、情報欲しさに来たわけではない」

「じゃあ――」

なぜ、危険を冒してまで美宮に来たのか――と問い終えるより先に、

「貴女の心を得に来た」

と那己彦は、目をキラキラと輝かせて言った。

「……そんな理由、私が信じると思う？　バカ言わないで」

「貴久良より、俺の方が貴女の役に立つ。たしかに貴女は森では誰より賢く、強い。だが、修羅場の立ち回りは、俺の方が上手《うま》いぞ」

明緋は呆《あき》れ顔で「助けなんて要らないわ」と断った。

その時、かすかに女官の足音が聞こえてくる。

まだなにか言おうとする那己彦の口を、とっさに押さえた。簾《すだれ》越しに陰が見えぬよう、頭を抱き込む。

ところが。身体《からだ》が密着した途端、那己彦は失念していたことを思い出したらしい。

いきなり背伸びをしたものだから、明緋の顎に、那己彦の頭がぶつかった。

「……ッ」

痛い、と声も上げられず、悶絶《もんぜつ》する。

那己彦も、頭は痛いらしく、手で押さえていた。

──明緋様はいずれに？　と女官たちの声が聞こえ、遠ざかっていく。

気配が消えたのを見計らい、明緋は那己彦の腕を引いて、簾から離れた。

「とにかく、貴女がたの話は聞いていた。その、なんとやらの試練に勝てば、貴女は自由になるのだろう？」

那己彦は女官姿で、勇ましい少年のように腕を組んだ。

「星媛の試練よ。要するに、女王選《めのきみ》びの試験ね」

豊日国の王《おおきみ》は日に、女王は月になぞらえられる。月は、星々の頂点という位置づけであることが神事の名の由来だが、説明は省いた。

「妹は強敵。兄の急死で擁立された貴久良は頼りない。現状、勝利は絶望的だ」

「……まぁ、そうね。認めるわ」

「俺が手を貸す。任せろ。ひとまず情報を共有せねば」

すっかり彼は参謀気取りだ。

国の機密であれば口にしないが、特殊な神事の話題である。他国の者に話したところで問題はないだろう——と明緋は判断した。

「候補者に与えられるのは、神兵が五十。銭が五十。神兵は国内《くにうち》から集めた若者で、明後日《あさって》、美宮に到着するって。仕えた星媛が女王になれば、衛兵になれるそうよ」

「ふむ。それで、功というのは、そもそもなんなんだ？　優劣はどのように決まる？」

「自《おの》ずと明らかになる——んですって」

「適当だな」

明緋も「そうね」と同意する。

「試練の最終日に、斎長《いっきおさ》が選ばれた女王に玉冠を授けるんですって。斎人《いっきびと》に確認したけど、実質、斎長一人で決定するみたい。基準もよくわからなかったわ」

説明は聞いたが、不透明さは拭えない。要するに、斎長の胸三寸ということらしい。

「賄賂という手もあるな」

那己彦が真面目な顔で言うので、明緋は眉を寄せた。

「いきなり搦手《からめて》ね」

「場合によっては、よく効く手だが、今回は難しい。効くとすれば、とうに他の候補者が使っているだろう」

那己彦の言には、一定の理《り》がある。

だが、いつまでもつきあってはいられない。明緋には使命があるのだ。

「貴久良との話、聞いていたのよね？　貴方《あなた》は、妹が新たな王の妻になったと言っていたけど、今も彼女は未婚よ。改めて求婚したらどう？」

今から那己彦が求婚すれば、さすがに揉《も》み消されることはないだろう。

ところが、

「好ましくない」

と那己彦は、上品な顔をくしゃくしゃにして言った。

「前王《さきのおおきみ》の娘よ？　私と条件は変わらない。……ほとんど同じ顔だし」

「好みではない、と言っている。――貴女は、あんな目をしない」

「目？　貴方、会ったの？　妹と」

明緋はぎょっとした。彼らが直接会っていたとは初耳だ。

「安心してくれ。俺の心は貴女以外を求めはしない」

「……妹の、なにが気に入らないの？」

「冷たい目で人を見る。――『いつでもお前を殺せる』と。俺の兄たちと、同じ目だ。貴女とはまったく違う」

明緋の眉は、知らず寄っていた。

いつでも殺せる。たしかに、紫夕は明緋に対して、そのように思っているだろう。圧倒的な強者として、生殺与奪の権を握った者の酷薄な目。

嫌い、というならば、明緋もあの目は大嫌いだ。

「……性格は、たしかに全然違うわ」

堅久良と貴久良は、似ているが違う人だ。

母と叔母《おば》とて、顔こそ似ているが、人の評価は大きく違った。

明緋と、紫夕も。どれほど似ていようと、条件が同じだろうと、別の存在だ。

「俺は、貴女に選ばれたい。だからここにいる。貴女でなければ意味がないのだ」

にこりと優しく、那己彦は笑みながら言った。

だが、笑みを返す気にはならない。

「なにを捧《ささ》げられようと、私は貴方の求婚には応《こた》えないわ」

「出会ったばかりだ。これから理解を深めあおう。俺はもっと、貴女の話が聞きたい。俺の話も聞いてほしい。――では、また」

するりと那己彦は出ていった。

淡萌黄《あわもえぎ》の筒衣《とうい》が、目の端の余韻になって残る。

西部の男だから理解できないのか。それとも、彼だけが特殊なのか。少なくとも、女官姿で他国の奥宮《おくみや》に潜入して求婚するのは、万国共通の変わり者だろう。

(話を聞いてほしいって言う割に、なにも話さないじゃない)

なぜ、迦実国の皇子が豊日国に来たのか。

なぜ、自分に執着するのか。

聞いたところで理解できるとも思えないが、知らぬことにははじまらない。

するり、と明緋も簾の隙間から身体を滑らせ、外廊に出た。

(もっと、自分の話をしてくれたらいいのに)

彼はカミオヅチの話はしたが、自分の話をしなかった。

迦実国を出た経緯。東部までの旅路。豊日国で見聞きしたこと。遥《はる》か北部のコタリの森への道。神話の英雄譚《たん》に似た物語があったはずだ。——聞いてみたい、と明緋は思った。

思いはしたが、すぐに打ち消す。

(いいえ。あの厄病神と関わるのは、もうこりごり)

明緋は、外廊を大股に歩いていく。

乾いた空気に乗って、衣《きぬ》ずれの音が聞こえてきた。

(……おかしな人)

角を曲がって現れたのは、紫夕だ。後ろに、数人の女官が従っている。

木冠には、柏《かしわ》の若葉が飾られていた。柏の葉は、知恵の象徴。自分以外は全員無能だと思っている紫夕らしい選択である。

（嫌なものに会ったわ）

明緋は、黙って道を譲る。明緋は姉だが、紫夕の方が位は高い。王女《ひめみこ》の地位は、生母に由来する。姉妹の生母はいずれも女王ながら、序列においては新しさが尊いのだ。

すれ違い様、紫夕の声が聞こえる。

「あぁ、くさい」

昨日と同じ、単純な罵倒だ。

「まったく。ひどく血なまぐさいわね」

歩みを止めぬまま、聞こえる程度の小声で言い返す。

女官たちが一斉にこちらを振り返ったのがわかったが、気にはしなかった。

（見てなさい。後悔させてやるから）

なんとしても功を挙げ、斎長に明緋の名を呼ばせてみせる。さぞ、この女は悔しがることだろう。考えただけで痛快だ。ふ、ふふ、と笑い声がもれる。

外廊を進む明緋の目は、ギラギラと燃えていた。

翌朝——美宮の南門に、明緋は立っていた。

「遅かったな」

馬を連れて南門に至ったところで、見覚えのある顔の衛兵とはちあわせになった。

——那己彦である。

出発の時間が遅くなったのは、侍女たちとひと悶着《もんちゃく》あったからだ。馬に乗るため、裳《も》から袴《はかま》に着替えようとしたのだが、五人がかりで反対され、押し切るのに時間が要った。

「……警備がまるきりザルね。心配になってきたわ」

こうして男の姿をしていれば、多少細身で小柄とはいえ、きちんと衛兵に見える。だが、問題は、彼が衛兵でもなんでもないことだ。

「貴女《あなた》だって自由に出入りしていたのだろう？　大らかなのは、平和の証《あか》しだ」

渋い顔のまま、明緋はひらりと馬に跨《また》がった。

那己彦も、自分の連れていた馬に乗り、後ろに続く。ついてくる気らしい。

(追い払いたいけど……まぁ、いいわ。山に連れていけば、彼の正体もわかるし)

果たしてこの男は、禍《わざわい》か福か。この機に見極めておきたい。

南門を出れば、すぐに市《いち》の立つ大路に出る。

いつも賑《にぎ》やかな場所だ。美宮から追手がかかっても、ここを通れば逃げ切れた。干肉《ほしにく》、干魚、菜《な》に豆。今日も様々な市が立っている。──そして、ひどく埃《ほこり》っぽい。

口を押さえつつ大路を抜け、一気に都を出た。

田の広がる道を過ぎ、ノテ川にかかる橋を渡る。

山に入って間もなく、ワン！　と耳に馴染《なじ》んだ声がした。

白い大きな犬が、尾を大きく振りながら駆けてくる。

明緋は馬を下り、飛びつくマシロを受け止めた。長く密な毛から伝わるぬくもりが、たまらなく慕わしい。

「ごめんね、マシロ！　寂しかったわね！」

顔を舐《な》めまわすマシロを、懸命に撫《な》でる。

熱烈な歓迎ののち、明緋は藁葺《わらぶき》の家に向かった。

「ここは……山人《やまびと》の家か？」

「えぇ、私の師匠が住んでるの。マシロを託せるのは彼女しかいないと思って」

このロウト山は、都から川一つ越えただけだが、住む人の文化は大きく違っている。

「あぁ、姫様。もう用は済んだのかい？」

蓬髪《ほうはつ》の女が近づいてきた。那己彦が「うわ」と声を上げたのは、きっと赤と黒で彩色された木面のせいだろう。

彼女の名は、ノイという。髪の半ば白い女だ。四十歳より手前のはずだが、腰は曲がっている。首には、牙を結んだ首かざりが幾重にもかかっていた。

「実は、厄介なことになってしまって……用事が長引きそうなの」

「そういう卦《け》が出てたよ。よくないことが起きる」

彼女は呪師《まじないし》だ。その占いは、実によく当たる。三日前、北部からまっすぐこの場所に来た明緋を、外で出迎えてくれたほどだ。彼女の母も、祖母も、呪師である。

ノイは、那己彦をちらりと見てから、家に手招きした。

(……性質《たち》の悪い者じゃなかったのね。よかった)

彼女は、即座に人の質を見抜く。ノイが家に招いた。それが答えだ。

「那己彦。貴方《あなた》もどうぞ」

「なんと言っている？　よく聞き取れない」

山人の言葉は、独特だ。

菱石島《ひしいわじま》に、もともと住んでいたのは彼らだった——と美宮の学者が言っていた。愚かにも争いを繰り返す山人を、懲らすために神々が島に降臨したそうだ。彼らが争いをやめぬので、東西南北の山々に閉じ込めてしまった、とも聞いている。

なんと傲慢な話か、と子供心に思ったものだ。

「貴方を家に招いてくれたわ。……あと、占いで不吉な兆しが出ているって」

山人の言葉は独特だが、ノイが喋《しゃべ》っているのは里の言葉だ。

都近くに住む山人は、里人《さとびと》とも多く関わるため、こちらの言語を不自由なく操る。だが、やはり独特の癖があるため、他国の者には聞き取りが難しいようだ。

扉代わりの革を上げ、中に入った途端、那己彦は「おぉ」と驚いていた。

「なるほど……貴女のまじないの師匠か。納得した」

コタリの森の、明緋の家とそっくりだ、と言っているのだろう。祭壇には、石や頭骨が並んでいる。ノイも、家に入ると猪《いのしし》の皮を頭に被《かぶ》りだした。

豆を煮だした茶を二人に振る舞った後で、ノイは明緋に猿の頭骨でできた皿を見せた。

「よくない卦だ」

欠けた五つの小骨と、五色の小石が並んでいた。目に入った途端に気が滅入《めい》る。

「喪失と……争乱……憎悪。見事によくない卦が揃《そろ》ったわね。気が滅入るわ」

「よくないが、嵐のあとに多くを得る。嵐は避けられない」

勝利の卦は、残念ながら出ていない。だが、明緋は負けるわけにはいかなかった。

こんな時こそまじないの出番だ。よい卦を引き寄せるしかない。

「ノイ。お願いがあるの。勝負に勝ちたい。私に、幸運を導くものを選んでほしいの。冠に飾り、身の守りにするわ」

明緋が頭の木冠を示すと、ノイは頷《うなず》き、祭壇を示した。

「好きなものを持っていくといい」

様々な獣の頭骨や角、甲羅、牙などが、ずらりと並んでいる。

明緋の目は、まっすぐに一点に定まった。

「ありがとう、ノイ。じゃあ――」

「いやいや、待て。待ってくれ。狼《おおかみ》はいかん」

狼の頭骨が、そこにある。他のどの獣より、目を奪う美しさだ。

「狼がいいわ。紫夕に侮られたくないの」

今は、敵を屠《ほふ》る獰猛《どうもう》さがほしい。

明緋は、なんとしても勝ちたいのだ。あの腹立たしい妹に。

「勝つのだろう？　試練は、もうはじまっている。貴女こそが女王《めのきみ》に相応《ふさわ》しいと、自《おの》ずとわかる姿にならねばならん。貴女のその美しさは武器だ。ここは俺に任せろ」

那己彦は、棚の前で熱心に考え込んでいる。

「ノイに選んでもらうわ。気持ちはありがたいけど――」

明緋が、那己彦に口出しさせまいとしたのを、

「いや、それでいい」

とノイが止めた。

「待って、ノイ。この人、私とはなんの関係もないのよ」

「それでいい。この男は、姫様の導きの星だ」

明緋の眉間は、ぐぐっと寄った。

（導きの星？　この厄病神が？）

まったくもって不本意だ。少しも嬉《うれ》しくはない。

「星？　今、彼女はなんと言ったのだ？」

聞き流してくれればよいものを、那己彦が尋ねてきたので、明緋は渋々「貴方が、私の導きの星だ、と言ってるわ」と答えた。

「導きの星っていうのは、互いの運命に深く関わる存在なの。ノイと私もそう。私がこの森に入った時、たまたま怪我《けが》をしたノイの母親を助け、縁がはじまった。ノイは私に咒師の知恵を授けてくれたわ。お陰で私は、ノテ川の向こうでも生きていけたの」

「運命の導きか。……ふむ。たしかに貴女とは運命は感じるな」

祭壇の前に立った那己彦は、導きの星、という言葉に納得した様子だ。

「まぁ……そうね。認めるわ」

明緋も、納得せざるを得ない。彼に出会ってから、目まぐるしく運命が変化している。

「では、俺の助言を受けてくれ。必ずやよい未来を導くだろう」

「導きの星同士が憎みあい、足を引っ張りあうことだってあるわ。——ノイによれば、私と妹も導きの星なんですって」

幼い頃から、因縁は続いていた。明緋が笛を吹けば、父が褒め、叔母《おば》がけなし、紫夕が笛を池に捨てる。万事そんな調子だ。父から贈られた馬など、その翌日に殺された。

紫夕の憎悪が、明緋を美宮の外に向かわせ、結果として明緋の命を救った。

今とて、紫夕の憎悪が明緋をこの国に戻らせ、明緋の憎悪が紫夕の女王への道を阻害している。良し悪《あ》し、吉凶、禍福。好むと好まざるとにかかわらず、縁がついて回る。導きの星とはそういうものだ。

(那己彦も、今のところ厄病神でしかないけど……)

できれば、足を引っ張りあうより、助けあいたいところである。敵は少ない方がいい。

ここは、いったん那己彦の選択を見守るべきかもしれない。

「では、我々はよい未来を得るとしよう。よし、決まった。——これだ」

見守ろう、と決めた途端にこれだ。

那己彦が手にとったのは、小ぶりな鹿の角であった。

「私は嫌よ。鹿は嫌」

鹿は、神々への供物だ。

一度は生贄《いけにえ》としてノテ川に入った明緋にとって、最も避けたい獣である。

那己彦が「似合う。美しい」と言い、ノイが「よい選択だ」と言う。

ノイが早々に「鹿角《しかづの》を冠につけてくる」と言うので断り損なってしまった。

（嘘《うそ》でしょう？　よりによって鹿なんて！）

悪い冗談だ。途方に暮れた明緋は、頭を抱えた。

ノイを止めるべきか。それとも、これも導きの星が示す道だと、受け入れるべきか。

人の苦労も知らず、悩みの種の男は、まだ祭壇を眺めていた。

その視線の先に、熊の頭骨がある。

「……明緋。貴女はこれで、人は呪い殺せるのか？」

那己彦が、熊の頭骨を見つめて、ぽつりと問う。

明緋は、この目を知っている。こちらが「できる」と答えれば、呪い殺したい相手の名を躊躇《ためら》わず口にする、そういう種類の目だ。

何度も見てきた。明緋自身も囚《とら》われたことのある思いである。

「呪いっていうのは、事実の認識を歪《ゆが》めるの。人が人を呪う。なにかの拍子に呪われた相手が死ぬと、呪った方は呪詛《じゅそ》の成就だと喜ぶ。それだけよ」

「呪いは気の持ちようか。咒師らしからぬ言葉だな」

明緋は、熊の頭骨を手に取った。硬く分厚い熊の骨は、ずっしりと重い。

「そんなぬるいものじゃないわ。呪われたら嫌でしょう？　怖いでしょう？　呪われたと知った人は、身の回りで起きる不幸は、すべて呪詛のせいだと思って呪詛の主を憎むわ」

「……ふむ。呪いが、憎しみを生みだすわけか」

「そうよ。呪われた方にだって、守りたいものはあるはず。思いつめたら、呪詛の主を刺し殺すかもしれない。呪いは身を食い、滅ぼすものよ。しないに越したことはないわ」

すぐに、明緋は熊の頭骨を祭壇に戻した。

もう那己彦は、熊の頭骨を見つめてはいなかった。

明緋は胸をなで下ろす。呪いに囚われた人生に、明るい陽がさすことはない。

「たしかに、しないに越したことはないな。実に空《むな》しい。――さぁ、待っている間に、領巾《ひれ》を選ぶとしよう」

那己彦が背の荷を下ろした。

コタリの森で彼を助けた時も、大事そうに背負っていた荷だ。

中から出てきたのは、絹で織られたいくつもの領巾である。

眩《まばゆ》いほどの品々に、明緋は「え？」と驚きの声を上げていた。

「……どこから持ってきたの？」

「迦実国からだ。妻になる人への贈り物にしようと思ってな。縁談には欠かせない」

迦実国の求婚は、益を示すものだ――という那己彦の言葉を思い出す。

「自分は蓑《みの》一つで雪山に入ったのに、こんなにたくさん領巾を持ち歩いていたの？」

「――兄たちよりも小さいからな。俺は」

つきん、と胸が痛んだ。

領巾を並べる那己彦の言葉が、どういうわけか明緋の胸に刺さった。

痛い。皮膚を破ったばかりか、身を抉《えぐ》るようにその傷が痛む。

（苦労……したわよね。こんなに小さくてひょろひょろしてるんだもの）

武勇に優れた巨漢の王族の中で、小柄な彼の立場の弱さは想像がつく。

好んでなった姿でもないのに、人生のすべてが、その姿ゆえに決定されてしまう。

なんとも、理不尽な話だ。

「南部では、大柄な男を洞《うろ》だらけの大木というんですって」

「洞？　脆《もろ》いということか」

「身体《からだ》だけ大きくても、中身がスカスカなのよ。きっと柱の用には足りないんだわ」

ぷっと那己彦が笑いだす。明緋も、小さく笑った。

「なるほど。柱にして折れる大木よりも、杖《つえ》になる細木の方がよほど役には立つな。――さ、これがいい。これにしよう」

那己彦が選んだのは、美しい翠《みどり》の領巾だ。金の刺繍《ししゅう》がある。見惚《みほ》れるほどに見事な品だ。

紫夕の領巾でさえ、ここまで精緻ではなかった。この領巾一つで、求婚にうなずく女もいるだろう。しばし、瞬きを忘れる。

ひとしきりの感動の後、明緋の胸はひどく切なくなった。

「ノイ！　ちょっと出かけてくる！――那己彦。つきあって。話があるの」

「……構わないが、どうした？」

手早く領巾をしまい、豆茶を飲み干してから那己彦は立ち上がった。

目を離すとどこに向かうかわからないので「ついてきて」と言って先に出た。さすがの那己彦も、人の後ろをついて歩くことくらいはできる。

こっちよ、と那己彦を先導し、山道を歩き出す。後ろを、マシロがついてきた。

ややしばらく山道を進み、到着したのはロウト山の頂上だ。

——眼下に、豊日国の台地が広がっている。

北西から東へ向かうノテ川。南西から東に向かうヒガ川。ロウト山はちょうど、二つの川に挟まれた場所にある。

ぜぇぜぇと息を切らせ、やっと那己彦が明緋に並んだ。

「きついな……！」

額の汗をぬぐい、那己彦は明緋の横に立つ。

美しい光景だ。

どれほど国を嫌っていても、この光景の前には、強い感情を奪われる。

美宮に居場所のなかった明緋にとって、この山は故郷のようなものだ。山は、明緋を拒まなかった。

「昔から、よくここに来ていた。——この台地は、神話の時代に、西から来た大蛇《おろち》がのたうち回ってできたそうよ」

「……カミオヅチが首を裂いた三叉大蛇《みつまたのおろち》は、東へ去ったぞ。もしや同じ大蛇か」

「そちらは三叉大蛇。こちらは六勾大蛇《むまがりのおろち》。うねる首が六つあるんですって」

「ふむ。計算はあうな」

那己彦が笑うのに、明緋は苦笑を返す。

「迷惑な話よ。いまだに大蛇の見初めた娘を生贄に捧《ささ》げてる。――でも、私は、どうしても自分が死ななくちゃいけない理由がわからなかったの。どこかに生き延びる道はないかと、あちこちの学者という学者を訪ねたわ。それが、伝承を集めるようになったきっかけ。いろんな人から、いろんな話を聞いてきた。……コタリの森でも」

台地を見下ろす明緋の瞳を、鷹《たか》が横切っていく。

「旅人から、神話を聞いていたのだったな。木簡は、本当に惜しいことをした」

「――西のある強国では、大皇《だいおう》の試練というものがあるそうよ。カミオヅチの神話と同じね。時がくると、わずかな兵だけを与え皇子《おうじ》たちを放逐する。大皇の心に適《かな》うものを持ち帰った皇子だけが、その遺産を分配できる。大皇の心に適うものとは――」

「国だ」

明緋が言い終えるのを待たず、那已彦は言った。

それまで、視線を台地に向けていた明緋は、隣にいる那已彦を見る。

「貴方《あなた》は、この国を得に来たのね？」

那已彦も、明緋を見た。

「あぁ、そうだ」

ひたりと視線があったまま、二人とも動かない。

ただ乾いた風が、吹き抜けていく。

「私への求婚も、豊日国を奪うための手段だったのでしょう?」

「国を得よ。さもなくば死ね。――国を得、父に捧げなければ、野垂れ死ぬしかない。こちらも必死だ」

数年前、コタリの森で死にかけた商人から聞いた話だ。

そのようにして迦実国は、強い血だけを残してきた、と。

商人の故郷は、五十年前に行われた迦実国の大皇の試練によって滅び、再建には長い時間が要ったそうだ。「壊すのは一瞬だが、直すのには何十年もかかる」とも言っていた。

七年かけて積み重ねた明緋の未来も、紫夕が一瞬で壊してしまった。あの時の言葉が、今は身に染みてわかる。

「コタリの森で、貴方は言ったわ。このままでは来年の春までに、豊日国の人間が半分になる、と。神々の脅しの常套句《じょうとうく》かと最初は思ったけど、あれはこの国に攻め入る……という意味だったの? 答えてちょうだい。返答次第では――」

「殺すか? 俺を」

やはり、那己彦は笑顔のままだ。

明緋が、殺しはしないとわかっているのだろう。

「殺さないわ。ただ、領巾は受け取れない。貴方は、正しく相手を選ぶべきよ。私といても、貴方は国に戻れないわ」

「まぁ、よく考えてみてくれ。俺の目的が侵略だとしたら、おかしいとは思わないか？」

「……おかしい、と思ってるわ。ノイも家に招いたし」

侵略するのであれば、最初の縁談を断られた時点で兵を向ければ済んだ。

そもそも、縁談も要っただろうか？　那己彦は、王女《ひめみこ》を探して北部まで赴き、明緋の星媛の試練まで手伝っている。条件の変わらない姉妹を選り好《え》みまでする始末だ。御しやすさで選んでいるのならばともかく、明緋は求婚を拒み続けている。

「まぁ、貴女《あなた》の好きな神話のようなものだと思って聞いてくれ。大皇の試練を受け、八人の皇子は国を出された。より大きく、豊かな国を手に入れた者が、父の遺産を譲り受ける。援助はわずか。一番有利なのは誰だと思う？」

「それは……第一皇子だと思うわ。私領や私兵も持ってるだろうし、有利よ」

「そのとおり。有利なのは年の順。近い国を襲い、民を殺し、父に献上する。第二皇子は、次に近い国を襲う。第三皇子は、さらに遠く。第四皇子は、もっと遠く。第八皇子まで下がれば、生き延びるだけで精一杯だ。兵も養わねばならん。不利な点はまだある。この国の大皇は、代々巨漢で知られる神の末裔《まつえい》。皆が皆、天を衝《つ》くような大男だ。ところが、第八皇子は一人だけ小さかった。与えられた兵も、兄たちに奪われた。吹けば飛ぶような細木より、根の太い大樹に寄りたいと願うのは罪とも呼べない」

彼の語る話は、どれも耳に心地よかった。だが、今日の話は、ゆったりと聞き入るわけにはいかなかった。これは、彼の物語だ。

「……不利ね。圧倒的に」

「戦の仕方も、大皇は弱い皇子に教えなかった。兄皇子たちは戦に出ている間、私領の管理を第八皇子にさせていたのだ。――特に面倒な治水普請など、丸投げする有様《ありさま》だった」

聞いているだけで、腹が立ってくる。

人になにかを任すならば、対価が要るはずだ。この場合、弟から戦の機会を奪った兄たちは、武力の面で弟に協力すべきではないか。

「ひどいじゃない。納得いかないわ」

「あぁ、まったくだ。だが、第八皇子には、信念があった。力ずくで奪った国は、元に戻るまでに時間がかかる。民を殺してしまったならなおさらだ。奪うのは一瞬。だが、復するには長い時間がかかる。他の皇子は、弓と刀に長じ、人を殺すのは巧《うま》いが知恵がない。第八皇子は自分の知恵に自信があった。美しい国を、美しいまま王に差し出せばいい――と誤った考えを持ってしまった」

「……間違っては、いないわ。殺し、奪うよりもずっといいと思う」

「いや、俺は間違っていた。あの、コタリの森で気がついた」

もう、那己彦は神話になぞらえるのをやめて、自身の話をしている。

「コタリの森って……貴方、死にかけてたじゃない」

「貴女に、恋をしたからだ」

国の話をするのと、まったく同じ調子で那己彦は言った。

「……恋？」

話が呑《の》み込めない。明緋は、目をぱちくりとさせた。

「そうだ。恋をした。その瞬間、世の見方が変わった」

明緋には、恋というものがよくわからない。

好意の一種と考えれば、多少はわかる。他人への好意は、物の見方を変え得る。明緋は山人《やまびと》たちと触れあったことで、彼らへの認識を大きく変えたからだ。

「侵略の方法を工夫するのじゃなく、侵略自体をやめた……ってこと？」

「そうだ、俺はタマモヒメに出会い、気づいた。国を強奪されるのも、勝手に婿に入ってきた異国の男に国を乗っ取られるのも、相手にとってはどちらも災難だ」

神ならぬ人の身だ。目の前の嵐の強さを選べはしない。

嵐が過ぎ去ったのち、命があったと喜ぶか、嵐自体を嘆くかは、その人次第だ。

「そう……かもしれない。選べるものではないもの」

一番いいのは、嵐が来ぬこと。それだけは間違いないだろう。

「俺は、父に認められ、兄たちを見返すことの他、なにも見えていなかった。侵略は、どんな形だろうと国を損なう。俺はカミオヅチの裔《えい》だから、タマモヒメを守るべきなのだ。――というわけで、俺は貴女の星媛の試練の手助けをしている」

那己彦は、手近な場所にある岩に腰を下ろした。

「でも、このままじゃ故郷に戻れないのでしょう？」

明緋も、那己彦の横に腰を下ろした。

「誰かを守るために、誰かを殺す。そんな選択はしたくない。どちらも守りたいのだ」

ぼんやりと、明緋にも見えてきた。

那己彦は、きっと父や兄たちと闘っているのだ。

大皇の試練という伝統や、兄たちの力任せの侵略と、真っ向から立ち向かっている。

貴い志だと思う。彼が、自分と関わりのない人間ならば応援もできただろう。

しかし、明緋は当事者だ。

「応《こた》えられない求婚の恩恵を、受けるわけにはいかないの」

「多くの求婚者から、多くの富を得るのは名誉なことだぞ。気が変わるのを待っている」

思わず、ため息が漏れた。

（もう、ほんとに人の話を聞かない男ね！）

この調子で、この勢いで、西部から東部を経、北部に至ったわけだ。すると、説得はまず無意味だろう。

「——結局、ただの生贄《いけにえ》じゃない」

小さく、明緋は呟《つぶや》いていた。

大皇の試練が行われた時点で、大規模な流血は避けられない。

目をつけられたが最後、強大な軍勢で攻め滅ぼされる。那己彦の話から想像するに、その後の統治を目的としない、単純な征服らしい。多くの人が死ぬだろう。

幸いにして、豊日国にやってきたのは話のわかる皇子だった。

彼は、婚姻によって円満に国を得ようとしている。

要求するのは、前王《さきのおおきみ》の娘——明緋だ。

六勾妹《むまがりのいも》としてノテ川に入るのと、国を救うための誰ぞの妻になるのと。一体なにが違うだろう。結局は、生贄だ。

「それが、貴女の闘いなのだな」

那己彦の言葉に、明緋は頷《うなず》いた。

「私を生贄にしようとする者は、等しく敵よ」

求婚を改めて断ったはずなのに、那己彦はなにやら嬉《うれ》しそうである。

「この分では、貴久良に貴女を奪われる心配はしなくてよさそうだ」

にやにやと口元が締まりない。明緋は眉を顰《ひそ》めた。

「女王《めのきみ》など絶対に嫌よ。即位した途端、紫夕に暗殺されそう」

「殺される前に、殺せばいい」

ごく簡単に那己彦が言うので、明緋はぎょっとした。

そうだ。うっかり忘れてしまうが、彼は決して平和を望むだけの男ではなかった。

「殺す話はよして。紫夕の即位さえ阻止できればそれでいいのよ。あとはマシロと二人で、落ち着ける土地を探すわ。……ここでなければ、どこだっていい」

紫夕は憎いが、殺したい、とは思っていない。

明緋は、カミオヅチの裔ではないのだ。殺す、殺すと物騒な話にはしたくなかった。

「よし、では、こうしよう。こちらの試練の期限は夏の終わりだ。俺は星媛の試練の勝利を貴女に捧げる。そこで答えを出してくれ。――無論、この国を侵略などはしない。それは俺の道義に反するからな。つまり、貴女の答えは国の命運を左右しない。どうだ？」

明緋は難しい顔で言葉を咀嚼《そしゃく》し、首を傾《かし》げた。

「その条件では、貴方《あなた》に益がないわ」

「十分にある。二度救われた恩返しもしたい。――それに、正式な求婚には、宝剣と領巾《ひれ》を渡すものだ。あくまで求婚とは別件。まだ俺は益も示していない。貴女だって選べないだろう。この領巾は武器だ。戦場に向かう者に、兜《かぶと》を贈るようなものだと思ってくれ」

それでも、明緋は領巾に手が伸びない。

「正直に言うと、私、貴方の機を奪うのが忍びないのよ。夏の終わりに帰るなら、もう時間もそんなにないでしょう？」

夏のうちに迦実国へ帰るには、あと一ヶ月程度で豊日国を発《た》つ必要がある。

試練が終わってからでも日程は間にあうだろうが、彼は国を得る機会を失ってしまう。

明緋は、那己彦が嫌いではなかった。できれば望む未来を手に入れてほしい。

「俺は、悔しい。貴女は、悔しくないのか？」

問いが突然だったので、一瞬考えてしまったが、答えはすぐに出た。

「そりゃあ、悔しいわよ」

悔しい。物心ついた時から、ずっと悔しい。

コタリの森で穏やかに暮らそうと、憎悪は身体《からだ》の奥で息づいていた。時折湧き上がり、眠れぬ夜もあった。――滅べばいい。呪う言葉を、必死にこらえながら生きてきた。

「俺は、ずっと兄たちに踏みつけられながら生きてきた。連中に一泡ふかせたい。詳しくは言えないが、貴女《あなた》の益を損なわぬ形で叶《かな》えたいと思っている」

「国は売らないわ」

「当然だ」

「殺しはなしよ？　殺さず、殺させず、傷つけない。約束して」

「わかった。殺さず、殺させず、傷つけない。約束する」

あっさりと、那己彦は明緋の条件を飲んだ。

「本当に、それでいいの？」

「もちろん。こちらも益はある。俺の配下になった兵士の半分は兄に奪われた。残る忠義者を、野垂れ死にさせるわけにはいかん。彼らに穏やかな暮らしを与えたいのだ。神兵に紛れ込ませ、貴女の勝利と共に職を得させる。これもまた、俺に野垂れ死ねと言った兄への復讐《ふくしゅう》の一環だ。――俺たちは、手を携え得る。領巾を受け取ってくれ、明緋」

那己彦は、再び領巾を差し出した。

兄たちから受けたであろう彼の苦痛と、紫夕から受けた我が身の苦痛が、重なる。

（一泡ふかせたいのは、私も同じだわ。――負けたくない）

明緋は、翠色《みどり》の美しい領巾をついに受け取った。これは、武器だ。

「……私たち、悪だくみをするカミオヅチの兄神みたいね」

試練の機を利用して、憎い相手に一矢報いたい。なにせ、ここには彼らの庇護者《ひご》はいないのだから。

那己彦はニッと笑んで、人差し指を口に近づけた。

「そうだな。この密談を、タマモヒメに聞かれては困る」

ふ、ふふ、と明緋は笑って、すぐに笑いを収めた。

(たしかに、彼は導きの星だわ)

互いが互いの報復に加担するとは、この上なく痛快である。

領巾を肩からかければ、たしかに強い武器を得たような気分になった。

「では、ありがたくいただくわ。あとは、鹿角《しかづの》の――」

ウォン！　とマシロの声がした。明緋はハッと息を呑《の》んで、声のした方を見る。

(――なにかあったんだわ)

真白いマシロが、森の中から駆けてくる。

「明緋。ノイの家に戻るぞ。貴女は先に行ってくれ。どう考えても俺の倍は速い。だが、様子を見るだけだ。合流するまで、動かず待っていてもらいたい」

わかった、と返事をするより先に、身体は動いていた。

走り慣れた道だ。マシロと共に、ひょいひょいと岩の上を跳び、坂を駆け下りる。

──人の声が聞こえた。

物音を立てぬよう慎重に、身を隠しながら近づいていく。

「出てこい！　出てこねば火をつけるぞ！」

「神兵の指示に従え！　妨げれば禍《わざわい》が襲う！」

火をつける、とは嫌な脅し文句だ。その家には、その人の人生が、過去も未来も詰まっているというのに。

（いっぺん、家を焼かれてから出直してほしいわ！）

この兵士とて、自分の家が焼かれるとなれば、泣いて許しを乞うだろうに。

見えた兵士の松明《たいまつ》に向かって、素早く弓を構え、ヒュッと矢を放つ。

松明は吹き飛び、地に落ちた。

「誰だ！　我らは神兵だぞ！　狼藉《ろうぜき》は許さん！」

次の矢を番《つが》えたまま、木陰から出る。

目に入るだけで四人。陰に一人。──いや、もう一人いる。

「前王・鎌日人の娘、明緋。神罰を恐れるのはお前たちの方よ。──立ち去らねば足を射る。口を開けば喉を射る。矢を放てば頭を射る。選ばせてあげるわ」

数人の兵士たちは、オロオロと互いの顔を見たあと、悲鳴を上げて逃げ出した。一斉に後ろを向いたので、その結い紐《ひも》が赤で揃《そろ》っているのがわかる。

彼らは自ら名乗ったとおり、神兵であるらしい。試練の説明をした斎人《いつきびと》が、一目で判別できる印をつけている、と言っていた。あの結い紐が目印のようだ。

「ノイ。無事？　キキは!?」

ノイが、小屋から出てきた。老いた母親と、十をいくつか出た歳の娘のキキも一緒だ。

「姫様。里の兵士が……アタシたちを岩牢《いわろう》に連れていくと言っていた」

「……岩牢に？　どうして……」

岩牢、というのはこの山の南にある、大きな岩の洞穴のことだ。木の格子が嵌《は》められており、古くから牢として機能してきた。冷たく、暗い岩牢への幽閉は、死罪、放逐に次いで重いものである。

だが、山人《やまびと》は都の則《のり》で生きてはいない。お互いに最低限の関わりしか持たずに生活を営んでいるはずだ。罪を犯しようもない山人を、なぜ牢に――それも岩牢に入れるやら、明緋には理解できない。

悩んでいる間に、那己彦が身体中に枝葉をつけながら、息を切らして下りてきた。

「明緋！　動かず待てと言っただろう！　悲鳴が聞こえたぞ！」

「神兵が来たのよ。ノイの家が燃やされるところだったわ！」

明緋は言い返したが、那己彦の渋面は変わらない。

「何人いた？」

「……五人。少し離れたところに、もう一人」

次第に、声は小さくなった。

「他にいないと、確証があったわけではないはずだ。今後は控えてくれ」

ここは、那己彦に理がある。明緋は簡単に「気をつけるわ」と反省の弁を述べ、今この場で起きたことを説明した。

「私、岩牢の様子を見てくる。もし山人が集められているなら――」

「よせ。神兵は五十人いるのだろう？　囲まれれば終わりだ。殺さず、殺させず、傷つけない。それは貴女自身にも当てはまる。ひとまず、美宮に戻ろう」

ぐっと言葉に詰まる。悔しいが、身体は一つ。腕も二本。一度に射る矢は一本だけ。那己彦の言うとおり、五十人の神兵の相手は不可能だ。

「でも、確認だけはしておきたい」

「俺は岩牢を調べてから、貴女の部屋に行く。それまで、知らぬ顔で過ごせ」

子供相手に言い聞かせるような調子で、那己彦が言う。

落ち着け、と言外に言われているのはわかったが、握りしめた拳が震える。今すぐ、バカげた指示を出した者を殴ってでも止めたい。

「――紫夕の仕業に決まってる」

「まだそうと決まったわけではない。いいか、明緋。ここには、俺と貴女、二人の人間がいる。人が二人いれば、倍の成果を得られることもあれば、半分に削《そ》がれることもある。集団とはそういうものだ。互いに思惑はあれど、星媛の試練に勝つという目的は一致している。ここは手を携え、倍の力を得るべきだ」

那己彦は、明緋を正面から見つめて「そうだな？」と確認してきた。

「……わかった。美宮に戻って、部屋で貴方を待つわ」

ぽん、と那己彦は明緋の肩を叩《たた》く。

「そうしてくれ。彼らに道案内を頼みたい、と伝えてくれるか？」

ノイの娘のキキは、里人《さとびと》の言葉にノイよりも慣れている。彼女に案内を頼もうとしたところで、足元にマシロが寄ってきた。連れていくべきか、と迷ったが、白い毛の犬の首が脳裏に蘇《よみがえ》る。危険だ。

（連れていけない。――まだ、今は）

導きの星で結ばれているのは、きっと明緋とマシロも同じだ。母犬に乳をもらえず、死にかけていたのを明緋が助けた。

彼といる時、明緋は善なる者でいられる。常世に片足を突っ込んだ旅人を救うことで、自らの呪いが解けていくように思われた。――だから、紫夕への憎悪に囚《とら》われた、今の自分の姿を見せたくない。

「ごめんね、マシロ。必ず戻るから。――ノイ、マシロをお願い」

明緋は、マシロをノイに託し、キキに道案内を頼んでから、馬に跨《またが》った。

今すぐにでも、岩牢に向かいたい。傾きかけた日を背に駆けながら、衝動に耐え続けた。

美宮に戻ると、すぐに人払いをする。

怒りと焦りで、身が焼けそうだ。だが、那己彦は、あの場においても冷静だった。彼に託すのが最善だ。導きの星、とノイが判じた言葉を信じるしかない。

――長い、時間が経《た》った。

那己彦が女官の姿で部屋に現れたのは、夜更けに近い時間だった。

手には、鹿角の冠がある。ノイから預かったそうで、明緋は礼を言って受け取った。

「岩牢の付近に動きはある。だが森が鬱蒼《うっそう》としていて夜が早い。近づこうにも、見張りの兵がいて無理だった。時間と人が欲しい。神兵を数人借りて構わんか？」

明日には神兵が到着するはずだ。明緋は「相談してみるわ」と請け負った。

「私のせいよ。紫夕は、私と山人たちの関わりを知っている。きっと、そのせいで――」

「落ち着け。岩牢に山人がいると決まったわけではないぞ」

那己彦の言葉は耳に届いているが、心の嵐は去らない。

ロウト山を後にしてから、過去の記憶に囚われていた。長年、積もりに積もった紫夕への憎悪が、抑えがたいほど膨らんでいる。

「あの女を、殺してやりたい」

ぽつり、と零《こぼ》れた自分の言葉に、ハッと息を呑む。

殺す、などと口にすべきではない。そう那己彦に言っていたのは、他でもなく自分自身だったはずなのに。

思いがけず口から零れた言葉に、明緋はひどく驚いた。

明緋はすぐに「取り乱したわ。忘れて」と言葉を引っ込める。

しかし――

「気持ちはわかる。俺が強ければ、とうに兄の二、三人は殺していただろう」

那己彦は、美しい女の姿で恐ろしいことを言った。

「……そんなに、兄君たちが憎かった？」

これまで彼に聞いた話の限りで、兄たちへの憎悪は想像がつく。

血のつながった相手である。ただの兄弟喧嘩《げんか》。姉妹喧嘩。そう人は言うだろう。

それでも、明緋には理解できた。

子犬がじゃれあうような無邪気な喧嘩と、自分たちのそれは違うのだ。肉親同士だからこそ逃れられない、濃密な悪意と暴力は存在する。

「まぁな。兄たちは、俺を虫けらのように扱う。目に入るだけで、汚らわしいとばかりにな。そもそもの話をすれば、身内の甘えだ。傷つけても構わないと思っている。小さく、細く、弱いから。だが、よく考えてみろ。どれも正統な理由ではない」

うんうん、と明緋はうなずいた。

「わかるわ。……コタリの森で私を助けた山人が言っていた。人と人との関係は、友好か敵対のどちらかだって。手を携える者は栄え、争いあう者は滅びる、とも」

「至言だな。──彼らは、なんでも持っているはずなのだが。屈強な身体《からだ》も、父の期待も、愛も、安定した未来も。ならば弟を侮って踏みつけるより、助けあう道を選ぶべきだったように思う。そうすれば、俺は弱い弟のまま、兄たちの手助けをしていただろう」

紫夕には、すべてがあった。彼女は王女《ひめみこ》で、女王《めのきみ》の母親がいて、父の愛も得ていた。

未来の女王の座も、約束されていたようなものだ。誰もが、いずれ堅久良と紫夕は妹背《いもせ》になるものと思っていた。

妹は、明緋が求めるものを、すべて持っている。

なにも憎悪の種を、せっせと蒔《ま》かずともよかったはずだ。

「……そうね。ただの姉妹であれば、私も紫夕の即位を阻もうとは思わなかったと思う」

「そういう意味では、蔑みや暴力は、呪いと同じだな。もしコタリの森で、貴女《あなた》の妹が倒れていたとして――助けるか？」

「わからない。彼女以外の誰でも迷わないけれど、きっと迷うと思うわ」

「俺は、兄が倒れていても見て見ぬふりをする。憎しみは我が身に返るわけだな。そもそも、兄弟だ、姉妹だ、親子だ、と甘えるのが間違いだ。俺はいつでも待っている。彼らが地べたに這《は》いつくばって、後悔する瞬間を。――そういうわけだから、なにが起きているにせよ貴女のせいではない。種を蒔いたのは、妹の方だ。自分を責めない方がいい」

ここで気づいた。どうやらこの話は、明緋への慰めだったようだ。

いつの間にか、荒《すさ》んでいた心は凪《な》いでいる。

「ありがとう、那己彦」

明緋が礼を言うと、那己彦は、へらりと笑んだ。

笑い方は少し幼い、と明緋は思った。

「――では、明日。俺は神兵に紛れているゆえ、神兵の隊長に任じてくれ。あぁ、それと、銭を使いたい」

「わかったわ。――どうぞ。なにに使うの？」

円座の近くの棚に、貝貨が入った麻袋を入れてある。

斎人から受け取ったはいいが、使い道が浮かばない。すべて渡そうとしたが、那己彦は一部だけ受け取り「これで十分だ」と言った。

「まぁ見ていてくれ。俺の知恵の見せどころだ。明日は、その冠と、渡した領巾《ひれ》をまとってもらいたい。これは――戦だ」

すっと立ち上がり、那己彦は音もなく部屋を出ていった。

これは、戦だ。――怯《ひる》めば負ける。

(決して、紫夕などに負けはしないわ)

しかし――翌朝になってみれば、明緋の顔はすっかり曇っていた。

神兵たちの話し声が、聞こえてしまったからだ。

聴宮《きこえみや》の簾《すだれ》の向こう側には、五十人の神兵がいる。彼らは、明緋が声の届くところにいるとは気づいていない。

「どうして紫夕様の神兵になれなかったんだ。あっちは将来も安泰だったろうに」

「しょうがないだろう。籤《くじ》で決まったんだから」

聴宮の露台に立ち、挨拶をするつもりでいた明緋の足は、止まっている。

「だいたい、お身体が弱くてミジウの祀殿《しでん》にいらした姫君なのだろう？　なんで今になって、突然試練に参加などしたんだ？」

「仮王《かりのおう》が強く望まれたそうだ。だが、女王は紫夕様で決まりだろう。あぁ、はずれ籤だ」

――はずれ籤。

これほどわかりやすく明緋を示した言葉も他にない。

後ろで、女官たちが「無礼な！」「なにも知らぬ田舎者が！」と囁《ささや》き声で憤っている。

明緋は手振りで、彼女たちの抗議を制した。

「いや、腐っても王女だ。キリ様よりは有利ではないか？」

「ノジク将軍は、大社《たいしゃ》に献金をしたと聞いているぞ」

じわりと胸が痛い。

これから、当のはずれ籤が現れ、協力を請うわけだ。

なにを言っても、言葉は上滑りするだろう。神兵が、無条件に協力してくれると思い込んでいた甘さが恥ずかしい。

鹿角《しかづの》の冠に、美しい翠《みどり》色の領巾。美々しい装いも、こうなるといっそ重荷だ。

（……でも、ここで逃げたらすべてを失う。行くしかないわ）

神兵たちとは、協力関係を築きたい。まずは挨拶からだ。

覚悟を決め、一歩、踏み出そうとしたところで――

「酒だ！　振舞い酒だ！　明緋様からのご下賜の品だぞ！」

簾の向こうから、那己彦の声がした。

わっ、と神兵たちが歓声を上げる。

（那己彦、いつの間に……）

明緋は、簾に近づいて様子をうかがった。

少し離れたところで、女官たちも同じように斎庭《いつきのにわ》を見ている。

酒の入った樽《たる》が、次々と運ばれてきた。

「遠路を急がされた者もあろう。今日は一日、ゆっくり過ごしてもらいたい――と明緋様はおおせだ」

自然とできた人の輪の中心で、笛の音と、鼓の音まで聞こえてきた。

明緋は、丸くした目を女官たちと見あわせる。

（こんな銭の使い道、まったく思いつかなかったわ）

不満たらたらだった神兵たちも、今は楽しげに手拍子を取っている。

人と人との関係は、友好か敵対の二つしかない。明緋は、彼らの望む主《あるじ》ではなかった。敵対に傾きかけたところを、那己彦はあっという間に友好に転じさせた。

明緋とて、まじないの客には豆茶の一つも出す。できない気づかいではなかったはずだ。思いつかなかったのは、ただの驕《おご》りである。

(資質を問われるからこそ、星媛の試練には意味がある。目の前の神兵の心をとらえられずに、勝てるはずがないわ)

神兵たちの酒盛りの様子を、簾越しに眺めていた。

皆、柿色の結い紐《ひも》で髪を一つにまとめている。明緋の神兵の印であるらしい。結い紐こそ揃《そろ》っているが、酒を配る者に、踊手と一緒に踊りだす者。見ているだけで囃《はや》す者。行動にはそれぞれに個性がある。

「……私、彼らに協力を仰ぎたいの。どうしたらいいと思う?」

明緋が、隣にいた小柄な女官に尋ねる。

そもそも明緋は、彼女たちの名さえ知らない。急いで「名前は?」と問うと、女官はパッと頬を赤くした。十二、三歳の娘だ。美宮の女官は、豪族の娘か、夫を亡くした独り身の女に限られる。この女官は前者で、大きな目の愛らしい娘であった。

「ホノカと申します。明緋様はお美しいですから、なにもなさらずとも、ただお姿をお見せになるだけで、十分、皆もその威に打たれることでございましょう」

ホノカの返答は、おおよそ参考になりそうもない内容だった。

「さすがに、それだけで人は喜ばないわ」

「いいえ！　あの者たちは、明緋様を知らぬから、あのように勝手なことを言うのです。お姿を見れば、気持ちは変わります。絶対に。なにより、直接お声がけいただくのが、どれだけ励みになるか」

最初に女官たちと顔を合わせた時、明緋は兵士の姿だった。どう接してよいものか、わからなかったのだろう。ひたすら戸惑った様子であったのを、よく覚えている。

彼女たちの目が変わったのは、鹿角の冠と、翠の領巾を身に着けてから――つまり、今朝だ。美しさは武器になる、と那己彦は言う。それは本当なのかもしれない。

「わかったわ。……じゃあ、行ってくる」

ホノカの言葉に背中を押され、明緋は背筋をスッと伸ばす。

「前王《さきのおおきみ》・鎌日人《かまひと》様の娘、明緋様のおなりです」

ホノカの先ぶれに、簾越しにも、視線が集まったのを感じた。

ゆったりと――父がそうしていたように、歩く。

女官が簾を上げ、視界が開けた。

笛の音が、やむ。一つ、二つ続いた鼓も。

ぽかん、と口を開ける一人の神兵と目があった。

（この反応……どっち？）

明緋を見て、歓迎しているのか、はずれ籤よと白けているのか。神兵たちの感情の種類がわからない。

あ、と誰かが声を上げ、間近な一人が最初に頭を下げた。あとは次々と全員が頭を下げる。よほど慌てたのか、あちこちで酒杯の転げた音がした。

神兵の輪の中にいた那己彦が、前に進み出、膝をつく。

「ナミカチの子、ナミヒコでございます。明緋様のおおせのとおり、ご下賜の酒を配っておりました。直々のお越し、光栄でございます」

名の頭二文字を父から継ぐのは長男だけ。那己彦は、また小さな見栄《みえ》を張ったらしい。笑いそうになるのをこらえるうちに、肩の力は抜けていた。

「遠路、ご苦労でした。――この那己彦を隊長に任じます。彼の指示に従うよう」

明緋が穏やかに声をかければ、那己彦は「謹んでお受けします」と優雅に頭を下げる。

長居は無用だ。那己彦の礼にうなずきだけ返し、静かに露台を去った。

しばらく歩いたところで、わっと斎庭から歓声が上がる。

明緋も、女官たちも、足を止めて振り返っていた。

はずれ籤相手には上げないであろう種類の、熱がこもった声だ。

女官たちは頰を染め「明緋様のあまりのお美しさに、驚いておりますわ」「これで、誰も愚痴など言わぬでしょう」「さすがは前王の一の姫様。威厳がおありになる」と華やいだ声を出している。

明緋の頰にも、笑みが浮かんでいた。

（よかった。那己彦のお陰で、なんとか乗り切れたわ！）

初手から失敗せずに済んだようだ。ほっと胸を撫《な》で下ろす。

興奮冷めやらぬ女官たちをうながし、奥宮《おくみや》に戻ろうとしたところ、足元から「明緋様」と名を呼ばれた。もう聞きなれた那己彦の声だ。

聴宮の外を回って追ってきたようだ。外廊の位置は高いので、那己彦の頭は、明緋の腰の位置よりも低い。

那己彦の後ろに、青年が一人。背の高い、逞《たくま》しい若者である。

まぁ、あら、と女官たちが、姿のいい二人に華やいだ声を出す。

たしかに、見目のすこぶるいい若者たちだ。気持ちはわかるが、なにせ潜入中の他国の者である。興味を持たれるのはいささかまずい。

明緋は女官たちを先に部屋へ戻し、手すりに手をかけ膝をついた。あまり大きな声は出したくない。

那己彦は明緋を見上げ、明るく笑んだ。

「滑り出しは上々だ。いや、美しい。……本当に美しい。神々しいほどだ」

その賛辞に、明緋はいっそう安堵《あんど》を深めた。

「……貴方《あなた》のお陰よ。ありがとう。たしかに、この装いは武器だったわ」

明緋が心からの礼を伝えれば、那己彦は嬉《うれ》しそうにくしゃりと笑んだ。

「この調子で勝利まで突き進もう。今後は、この男を連絡役に使いたい。名は羽人《はねひと》という。――協力者だ」

協力者――というのは、神兵の隊長ではなく、迦実国の第八皇子の協力者ということだろう。羽人の髪には、柿色の結紐《けっちゅう》が結ばれていた。

(あぁ、さっき、細々とよく動いていた兵だわ)

宴《うたげ》の最中、酒を配って歩いていた。よく気のつく男だと思ったのを覚えている。

「神兵には、西部から来た兵も交じっているのね？」

「そうだ。だが、貴女《あなた》は知らなくていい。なにかあっても、知らぬ存ぜぬを通せ。――彼らは農夫や漁夫の息子で、兵士としての訓練も受けていない。こちらの神兵もそうだろう？　まず見分けはつかん。俺はこれから、美宮を空けることが増える。なにかあれば兵舎にいる彼を頼ってくれ。信用に足る男だ」

ぺこり、と羽人が頭を下げる。その動作一つでも、体術に長《た》けた者だとうかがえた。明緋も礼を返す。

「こちらからも連絡ができるよう、女官を一人選んでおくわ」

「あぁ、そうしてくれ。夜に作戦会議をしよう。これから功をどのように挙げるか、策を練らねば。――ひとまず、これから岩牢《いわろう》に行ってくる」

「頼むわね、那己彦」

那己彦は「任せろ」と背を向けたあと、奥宮に向かって歩き出す。

明緋が止めるより先に、羽人が落ち着いた調子で「そっちじゃありません」と止めた。

（つきあいが長いのかしら。……扱いに慣れている）

羽人は、見事に那己彦を南門の方向へと誘導していた。

常々、あの方向感覚でどうやって生きてきたのか謎だったが、彼の先導は以前からあったのかもしれない。

二人は、無事に南門の方向に戻っていった。

見送った視線の先に、松にかかった藤の房が揺れている。乾いた風に乗り、かすかに香りが届く。――思い出が、淡く蘇《よみがえ》った。

(あぁ、堅久良と最後に話したのは、ちょうど今頃の季節だった……)

――私が仮王《かりのおう》となったら、星媛の試練に参加してほしい。明緋なら、女王《めのきみ》になれる。

――大きな鹿を仕留めてくれ。生贄《いけにえ》にするのだ。弓は得意だろう？

七年前、あの藤の下で聞いた堅久良の声が思い出された。

(あの時、なんと答えたのだったか……すっかり忘れてしまったわ)

凶事が続き、恐怖を抱えながら迎えた春だった。

幼い者同士の他愛のない会話ながら、さすがにうなずきはしなかったはずだ。

悲しかったやら、空《むな》しかったやら。堅久良と明緋が話していると、すぐに邪魔に入る紫夕の鼻をあかせたようで、小気味いいと思ったやら。どうにも、記憶が曖昧だ。

生涯、忘れ得ぬような、大きな出来事であったはずなのに。

「――明緋様」

突然、声が間近で聞こえ、明緋はひどく驚いた。

「は、はい」

横に立って、明緋の顔をのぞきこんでいるのは、ホノカだ。

すぐに戻る、と言ったのに、いつまでも戻らないので迎えに来たのだろう。

「すみません、何度かお声をおかけしたのですが……お加減でも？」

「ありがとう。でも、大丈夫よ。ちょっと、ぼんやりしていたみたい」

不安げな表情だったホノカが、パッと顔を明るくする。なにやら、いいことでも思いついたらしい。

「そうだ！　明緋様。大社《たいしゃ》に赴かれてはいかがです？」

ホノカが言っている大社とは、都の北の外れにある祀殿《しでん》のことだ。

豊日国の祖・トヨヒノミコトとソハヤヒメが、この国を開いた場所にある。

「あぁ、大社。――大社ね」

「神に祈れば、憂いも晴れましょう。紫夕様は、毎月大社にいらっしゃいますし――」

ホノカが、ハッと口を押さえた。まずいことを言った、という表情である。

こんな幼い女官に気づかわれるほど、自分たちの確執は広く知られているらしい。

「勧めてくれてありがとう。機会があれば行ってみるわ」

美宮から、大社へ。祭壇の前に立たされ、そして、ノテ川へ。

七年前、生贄に選ばれた明緋が通った道である。できれば思い出したくもない。

「申し訳ありません。紫夕様のお話を、お耳に入れるべきでは……あぁ、いえ……あまり仲がよろしくないと、同輩に教えてもらって……あ、また余計なことを！」

明緋は、ホノカの慌てぶりに苦く笑った。

（ここは、那己彦の知恵を真似《まね》ようかしら）

協力者は、多いに越したことはない。試練の間だけの短い縁だが。大事にしたい。

「神兵が休みなんだし、こちらも休まない？　ゆっくりおしゃべりでもして」

明緋が言うと、ホノカの丸い頬はぱっと赤くなった。

部屋に酒と菓子とを運ばせれば、年若い者も、年配の者も、ホノカと同じように頬を赤くして喜んだ。

女官たちと雑談をしてわかったのだが、紫夕は参拝に、二人の古参の女官しか連れていかないそうだ。留守の間、美宮には開放的な空気が流れるという。

あの性格なので無理もないが、紫夕はあまり人望がない。畏怖こそされているが、愛されてはいない様子だ。

逆に、その気の強い紫夕に仕えていたキリは、人気が高い。父親の野心を嫌う者はいるが、彼女自身は人柄を愛されているようだ。それはわずかに接した明緋にもわかる。

他にも話が聞けた。堅久良は人々に信頼され、その陰にいた貴久良はやや頼りない。二人の評価は、おおよそそのようなものらしい。

さすがは美宮勤めの女官たちだ。雑談には、学ぶところが多かった。

「あぁ、そう言えば、キリ様は神兵を都の外に出されたそうでございますよ」

「あ、それ、私も聞きました。父君の領地に送り、国境の哨戒《しょうかい》をさせているとか」

「キリ様も必死でしょう。他の候補は、王女様《ひめみこ》お二人ですもの」

「王女様といえば――紫夕様が……」

言いかけたのは、年配のサユキだ。ほろ酔いの勢いで口にしたらしく、あ、と声を上げて口を押さえていた。

「紫夕が、どうしたのです？」

極力穏やかに、明緋は尋ねた。

ここで、紫夕に関する情報を禁忌とするのは悪手だ。

「噂《うわさ》だけでございますが……もう、功の準備を終えられたとか」

「そう。……ずいぶんと早いのね。すごいわ」

推名の競射《きょうしゃ》から、まだ三日しか経《た》っていない。

明緋が機嫌を損ねなかったので、サユキは安堵したらしい。話を笑顔で続けた。

「はい。なんでも、生贄を用意したとかで」

サユキが言うのに、すぐ横にいたホノカが「私も聞きました」とうなずいた。

「……儀式でもするのかしら。なにか聞いている？」

「いいえ。でも、今年は雨が少のうございますから、きっと雨乞いでございましょう。鹿か、牛か存じませんが、あの、ロウト山の岩牢に集めたとかで――」

岩牢、と聞いた途端、サッと血の気が引いた。

(まさか)

明緋が突然立ち上がったので、女官たちは「明緋様?」と目をぱちくりとさせている。

「急用を思い出したわ。皆は、ここでゆっくりしていて。今日は休みだから」

にこりと笑みを残し、明緋は足早に部屋を出た。

ひどく、嫌な予感がする。

明緋はその足で厩舎《きゅうしゃ》に向かい、馬を二頭連れて兵舎の前に立った。南門からすぐの場所にある、大きな建物だ。

「羽人! 護衛を! 岩牢に向かうわ!」

扉の前で呼べば、すぐに羽人が中から出てきた。

那己彦の連れだけあって、王族の無茶な要求にも慣れているのだろうか。逆らうこともなく、羽人は馬に跨《またが》った。

明緋は馬の腹を蹴り、南門から飛び出した。今出れば、日が傾く前に着けるはずだ。

(あの辺りは夜が早い。……間にあうかしら)

間にあわないかもしれない。それでも、明日の朝など待てなかった。

――生贄。

その言葉が、耳にこびりついて離れない。

都を駆け抜け、ロウト山に辿《たど》りついた頃には、懸念どおりの暗さになっていた。

岩牢には近づいたものの、灯《あか》りがポツポツと見えるだけだ。

（……ここからじゃ、なにも見えないわ）

なんとか内部の見える位置まで近づき、岩牢の内部を確かめたいところだ。

「明緋様、お待ちを」

囁《ささや》き声で呼ばれ、明緋は羽人の方を振り返った。

「岩牢の内部を確かめたいの。……牢にいるのが鹿なら、すぐに帰るわ」

喋《しゃべ》りながら、美宮にいるうちに伝えるべき内容だった、と気づく。

まったく、今の自分は冷静ではない。

生贄、という言葉が、明緋の心を乱していた。

「わかりました。私が探って参りますので、明緋様はこちらでお待ちを」

「……自分で行くわ。紫夕に知られても構わない」

「危険です、どうぞ、明日までお待ちを」

そんなことは百も承知だ。だが、黙ってはいられない。明緋は羽人の制止を聞き流し、岩牢に向かって歩き出す。

松明《たいまつ》が近づき、辺りが多少明るくなった。

岩牢が見えてきた。あえて、明緋はカサリと枝を揺らした。

「誰だ！」

誰何《すいか》の声に「前王《さきのおおきみ》の娘、明緋です」と答えた。

「私の神事に用いる岩牢を、確認しに来たの。そこを通してちょうだい」

神事には、神事で対抗するしかない。明緋は「神託を得ました」と適当な嘘《うそ》をついた。

赤い結い紐《ひも》の神兵が二人、近づいてくる。

「明緋様。申し訳ございませんが、岩牢へは、何人たりとも通すなと紫夕様よりおおせつかっております。たとえ明緋様のご命令でも従えません」

神兵は、動く気配がない。ここで言い争っても時間の無駄だろう。

「ノイ！　ノイ！　そこにいるの!?　キキ！　トオ！　いたら返事をして！」

明緋は、その場から動かぬまま大声で呼んだ。

ノイと、その娘と母親の名を。

――姫様！

遠くで、答える声があった。ノイの声だ。

（……いた！）

鹿でも牛でもない。岩牢《いわろう》にいるのは、人だ。山人《やまびと》だ。

「明緋様、戻りましょう」

かけられた声が、羽人のものではないとは気づけなかった。

それが那己彦だと気づいたのは、美宮に駆け戻る途中だ。気づいたが、頓着できる余裕はない。

（なんとかしなければ……なんとか……彼らを助けたい！）

美宮に戻り、明緋はまっすぐに、紫夕の部屋を目指す。

とどめを刺すまでは口をきかぬつもりでいたが、もう避けては通れない。

簾《すだれ》を跳ね上げると、数人の女官が悲鳴を上げた。

几帳《きちょう》を蹴倒せば、円座に座る紫夕の姿が見える。食事の最中だったらしい。

「紫夕。岩牢にいる山人を解放して」

目があった途端に切り出せば、紫夕は眉間にシワを寄せ、顔を横に背けた。

「あぁ、くさい。獣《けだもの》が美宮に紛れ込んだらしい」

「蛮行よ。貴女《あなた》がよく獣と罵っていた山人たちでも、人を生贄《いけにえ》になんてしないわ」

「あれは獣だ。鹿を屠《ほふ》るのとなにが違う？」

話が通じない。いつもそうだ。

幼い頃から、何度も繰り返されてきたことだ。

だが、ここで泣き寝入りはできない。人の命がかかっている。

「生贄など無意味よ。彼らを殺したからって、雨は降らないわ」

「たしかに。役に立たぬ生贄というのはいるものだ」

紫夕は笑った。おかしな冗談でも聞いたかのように、唇を歪《ゆが》めて。

「貴女なら、他にいくらでも功を挙げる術《すべ》があるはずよ」

「では、お前が試練を棄権せよ。そうすれば、岩牢の獣は解放してやる」

紫夕の言葉に、女官たちが一斉に笑った。なにがおかしいのか、明緋にはわからない。

紫夕にはさんざん煮え湯を飲まされてきた。明緋がここで棄権する、と宣言しても事は解決しない。紫夕の言葉は嘘ばかりだ。いつも、いつも。うなずいたが最後、山人の安全は確保されず、明緋は抗議の機を失うだろう。

（ムダだわ。まったく通じない）

来る前からわかっていたことを再確認し、明緋は、紫夕に背を向ける。

外廊に出た途端、紫夕がなにか言ったらしい。どっと笑いが起きた。おおよそ内容の想像はつく。どうせ無意味で不愉快な嘲りだろう。

次に、明緋は一縷《いちる》の望みを抱いて聴宮に向かったが、衛兵に止められた。

「通して。貴久良に用があるの」

「仮王《かりのおう》はお食事中でございます。試練の間は、夕方以降の面会は禁じられております。明日の朝、改めておいでください」

誰も彼も、邪魔ばかりする。

「貴久良！　明緋よ！　話がしたいの。出てきて！」

焦《じ》れた明緋は、大声で貴久良を呼んだ。

三度繰り返したところで、貴久良が出てきた。

規則を配慮してか、部屋の戸から、わずかに顔だけを出している。

「どうした、明緋。気持ちを変えてくれたのか？」

「貴久良！　岩牢に、人が……紫夕が、雨乞いの生贄にする気よ。止めてちょうだい。こんな蛮行、許されるものではないわ」

「生贄か……。悪いが、試練は神事だ。俺の権限では止められない」

「人が――山人が殺されてしまうのよ！」

「落ち着け。山人なのだろう？　彼らは、我が国の民でない」

一瞬、呼吸を忘れた。

豊日国の民ではない。――だから、生贄にしても構わない。

貴久良は、そう言っているのだ。

「……彼らは、人です」

明緋は、貴久良に背を向けた。――通じない。

ここにいても時間の無駄だ。明緋は部屋に戻る足を急がせた。

自分の無力さに、打ちひしがれている暇はない。

今、彼らのために動けるのは自分だけだ。

(どうすればいい？　どうすれば、あの蛮行を止められるの？　どうすれば――)

廊下を歩く明緋の袖が、ぐい、と引かれた。

いつの間にか後ろにいたらしい那己彦と目があう。女官の装束だが、化粧をする時間はなかったようだ。それでも十分、娘に見えた。

明緋は、手近な場所にあった空き部屋に身を滑らせる。

「ずいぶんと、派手に動きまわったな！」

那己彦の苦情に、明緋は額を押さえた。

我を忘れ、行動したのは間違いない。自覚もある。

「……生贄と聞いたら、黙っていられなかったの」

「勢い余って、棄権するとは言っていないな？」

「棄権するなら山人を解放する——と紫夕が言ってきたけど、信じるほどバカじゃないわ」

「よし、ならば巻き返す道はある。——ノイを守れなかった。すまん。老人や子供を先に逃がしている間に襲われたようだ。神兵たちも、よく働いてくれたのだが」

思いがけない言葉に、明緋の憤りが、スッと熱を失った。

獣だ。殺してもいい。あれはこの国の民ではない。

誰もがそうしてノイを踏みつけていく中で、はじめて彼女に関するまともな言葉を聞いた。泣き出しそうになるのを、明緋は必死にこらえた。

「……ありがとう。じゃあ、キキたちは無事なのね？」

「あぁ。ノイの娘も、母親も無事だ。マシロは人助けの才《さい》があるな。ずいぶん助けられたぞ。捕らえられた山人は、五十人程度。腕に焼き鏝《ごて》を当てられていた。あれはなんだ？　東部の儀式の一環か？」

「……そんな話、聞いたことないわ！　なんてひどい！」

明緋は、怒りのあまり拳を握りしめていた。

生贄そのものも許しがたいが、人の肌に焼き鏝まで当てるとは、蛮行にも程がある。

「蛇のような形で、なにやら意味があるそうだ。逃がすに逃がせん」

「え──」

呼吸を、一瞬忘れる。

息を吐き出すまでに時間が要ったのは、受けた衝撃があまりに大きかったからだ。

「キキが言うには、蛇の痣《あざ》のある者は大蛇《おろち》の呪いを背負った者なので、家には入れられないらしい。タマモヒメが大蛇につけられた印《しるし》のようなものだな。痣と火傷《やけど》は違うだろう、と思うのだが、同じなのだそうだ。だから、彼らを解放するだけでは問題が解決しない」

那己彦の言葉は、理解できる。できるが、動揺は収まらなかった。

「その……蛇の痣がある者を家に招くと……なにが起きるの？」

「大きな禍《わざわい》を招くそうだ」

この国に戻るべきではなかった。はっきりと、明緋は後悔した。

全身から血の気が引いて、指の先が冷たい。

「私の──私のせいだわ。禍は、私が招いた」

「違う。彼らに禍をもたらしたのは、貴女の妹だ。間違うな」

紫夕の選択には、明確な悪意がある。生贄に山人を選んだのも、焼き鏝も──そもそも生贄を捧《ささ》げて功とすること自体、明緋への攻撃だ。

だからこそ明緋は、なんとしても彼らを助けねばならない。

（どうすればいい？　考えなくては。諦めれば、ノイたちが殺されてしまう！）

どんな手を使ってでも、彼らを助けたい。

だが、明緋の持つ力はわずかだ。神兵五十人と、女官が五人。打てる手は限られる。

「紫夕の勝手にはさせないわ。なんとか手を打たないと……」

「それで、あの男に泣きついたわけか」

目の前の男の、声が突然低くなった。

「え？」

そうでなくても近い位置にある顔を、明緋は正面から見つめていた。

この距離では、さすがに女には見えない。

「貴女が助けを求めるべきは、あの馬面ではない。俺だ」

こんな——多くの人の命がかかっている時になにを言っているのか。明緋は、怒りを滲《にじ》ませる那己彦の正気を疑った。

「馬面って……貴久良のこと？」

「他にもいるのか」

「いないわよ」

馬面とは言わないが、面長な親戚といえば、堅久良と貴久良の兄弟しか浮かばない。

いや、今は貴久良が馬面かどうかなど、どうでもいい。

「俺は、貴女があの男と取引するのではないかと、気が気ではなかった。貴方《あなた》の妻になるから山人たちを助けてくれ――と貴女なら言いかねない、と思ってな」

不機嫌な那己彦の言葉に、明緋は眉を寄せた。

他に道がなければ、たしかに口にしていたかもしれない。

「話の流れによっては……言っていたかもしれない。それで彼らを助けられるなら――」

「自ら生贄になるつもりか？」

ずい、と那己彦の顔が近づき、明緋は目をそらした。

生贄はご免だ――と思ってはいる。だが、今はなによりも山人たちの命が重い。

「もちろん、生贄になんてなりたくないわ。当たり前じゃない。でも、私は……彼らを助けなくてはいけないの。たとえ……命を擲《なげう》つことになっても」

「試練はどうする。山人たちのために、自分の未来を捨てるのか」

視線を戻し、明緋は小さくうなずいた。

生贄。その言葉が、いつまでも、どこまでもつきまとってくる。逃げられない。

自由も、未来も、この呪縛の前に輝きを奪われてきた。

「……七年前に、似ているわ」

「七年前？　貴女《あなた》が、生贄にされた年か」

「そうよ。雨の少ない春で、どんよりと雲が重くて、乾いた風が吹いていた。川の水位は低く、苗植えを前にした人々は、雨を待っていたわ。よく似てる。あの頃、この国で私ほど熱心に天候を気にしていた者もいなかったと思う。大社《たいしゃ》の禊池《みそぎいけ》に水が張られたと聞いて、どれほど恐ろしかったか。――私の番が来たんじゃないかと思った。その時は、鹿が捧げられて――雨は、降ったわ。降って、長く続き、そのせいで流行《はや》り病が二人の王族の命を奪った。そして夏のある日、私が――生贄に選ばれたの」

明緋は、一度、呼吸を整えるために言葉を止める。

那己彦は、もう呆《あき》れ顔はしていなかった。

「明緋。もういい。つらい話だ。貴女が身を捧げずとも、俺は――」

「いいえ、言わせて。結論だけ言えば、無駄だったのよ。私が生贄としてノテ川に入ってすぐ、川は氾濫した。流行り病だって去らなかった。叔母《おば》……紫夕の母親も、この年に亡くなっているわ。無駄だったのよ。……無駄だった。雨乞いで殺された鹿も、大蛇に捧げられた私も。――我が身一つで彼らが救えるならば命も惜しくない。でも、貴久良相手にそんな無駄な真似《まね》はしないわ」

こんな話をしながら、泣くつもりはなかった。だが、頰はいつしか濡《ぬ》れていた。

那己彦の手が、そっとその涙を拭う。

「無駄になどさせん。貴女は、貴久良ではなく俺を頼るべきだ」

「貴方なら、私の命を無駄にはしないはずよ。私が、妻になると言えば――」

明緋の口の前に、那己彦の人差し指が近づいた。

「そこまでだ。見損なってくれるな。俺は貴女の軀《むくろ》など求めはしない。――貴久良と俺を、なにが隔てているか、わかるか？」

「わからないわ。どうして？　貴久良は、同じ国に生まれた従兄《いとこ》なのに……まったく話が通じないのよ。山人《やまびと》は、人ではないんですって。この土地は、山人たちを山に追いやって得たものなのに！」

あるいは、貴久良ではなく、堅久良であれば話は通じたのかもしれない――と思ったが、もちろん口にはしなかった。殯《もがり》が終わった今、彼も現世《うつしょ》のことは忘れているだろう。

「俺と貴久良を隔てているのは、血でも、国でもない。茶だ」

「茶？」

「貴女は以前から。俺は一杯だけ。ノイに招かれ、豆茶を飲んだ。その差だ」

山人が、人か、人でないか。茶を飲むまでもなく答えは出る。

だが、家に招き、茶を振る舞う相手を生贄《いけにえ》にはしないだろう、とは思った。

「……わかる気がするわ」

「他国の神事には介入したくはないが、殺さず、殺させず、傷つけない。そういう約束だ。それに、豆茶を振る舞ってくれた彼らを見殺しにもできん。――さて、策を聞かせてくれ。俺にそこまで話すからには、多少の勝機は見えているのだろう？」

「功を挙げ、星媛の試練に勝利し、彼らを助けるわ」

時間がない。すべてを一度にやり遂げねば、負ける。

こちらにあるのは、わずかな手駒。だからこそ、知恵が必要だ。

「なにも失わず、すべて得るわけか。それはいい！　俺は好きだ」

那己彦は、とても面白い話を聞いた、とばかりの明るい表情になった。ここで望み過ぎだ、とは言わぬ彼の胆力が、今は心強い。

明緋の頬にも、微《かす》かな笑みが浮かぶ。

「まず一つに、こちらも神事で押し通し、山人たちの身柄をいったん確保する。星媛には、妨害行為があった場合、指弾の論を行う権利があるの。要するに、他の星媛に文句が言えるわけ。紫夕が私の神事を妨害した、という態《てい》で攻めるつもりよ」

「神事には、神事で対抗か。いい案だ。次は？」

「二つに、彼らに特別な仕事を提供する。北部の山人たちが、髪の色によって就ける職業を分けていたから……そんな感じで、痣を持つ者がある種の職能に秀でた証《あかし》だと示すの。この際、迦実国から来た兵士もその列に加えたいわ。今後の暮らしに困らずに済むもの。ついでで悪いけど余裕がないから、全部まとめちゃいたい」

「ふむ……なるほど。俺にも見えてきたぞ」

「三つに、紫夕の功を潰す。彼女の功とぶつける内容で、よりよいものを私の功とするの。雨乞いの魅力が霞《かす》むような功ね。――私だけの力ではなし得ない。貴方の知恵が必要よ」

那己彦は、作戦のおおよそを理解したようだ。明緋の手に、そっと触れてくる。

「面白い。それで、俺の役目はなんだ？」

神話のカミオヅチは、大蛇の頭を裂き、迦実山《かみやま》の危機を救った。

その裔《えい》が、目の前にいる。明緋の導きの星として。

「――大蛇の首の裂き方を、彼らに教えてほしいの」

明緋は、那己彦を見つめ、その手をぎゅっと握り返した。

第三幕　大蛇の首裂き

鹿の角が、木漏れ日の合間で揺れている。

明緋《あけひ》は馬で、ゆったりと森の中を進んでいく。

作業をする神兵が数人。薪《まき》を拾う者や、背に石を負って運ぶ者もある。

そのうちの一人が、ぺこりと礼をする。神兵のナナモだ。

「姫様、ごきげんよう。那己彦《なみひこ》様なら、奥にいらっしゃいましたよ」

言葉に、やや西の訛《なま》りがある。きっと那己彦が連れてきた兵士なのだろう。

「ごきげんよう、ナナモ。お腹《なか》の調子はどう？」

「おかげ様で、すっかりよくなりました。ノイさんにいただいた薬がよく効いたようで」

「無理はしないでね。またなにかあれば教えてちょうだい」

衣《きぬ》ずれの音が、さらさらと葉ずれの音に交じる。艶《つや》やかな髪が陽光を弾《はじ》き、翠《みどり》色の、華やかな着物の裾がひらめく様は、どこか神秘的である。

兵士たちの「まるで女神様だ」「お美しい」とのつぶやきや、ため息が聞こえてくる。

女王《めのきみ》であった母は、その美しさが光り輝くようであったと人は言った。

明緋は、母の顔を知らない。ただ、母の美しさが人に称《たた》えられたのは、彼女が美宮《うつくしのみや》で守られていたからだ、と思っている。

人買いは明緋を「高く売れそうだ」と言っていた。農夫は「盗賊を呼ぶから、家には置けない」とも。そんな自分の容姿が役立つ日がこようとは、思ってもみなかった。

石を運ぶ山人たちともすれ違った。彼らの腕には、蛇の印《しるし》が刻まれている。

――こちらの神事に参加するはずだった者たちです。神託を得ました。

――雨乞いの日までには戻しますゆえ、それまでは正しく作業に当たらせます。

明緋は、指弾《しだん》の論《ろん》を行い、紫夕《しゆう》の妨害に異議を申し立てた。

今は、朝に山人を岩牢《いわろう》から出し、夕には岩牢へ戻している。それまで、山人たちには、ろくな食事も与えられていなかった。冷え切った岩牢では、眠るのも難しい。火傷《やけど》が膿《う》んで苦しむ者もあった。明緋は急いで話をまとめ、山人たちに、食事と、毛皮と、薬を提供したのだった。

辺りにいる兵士で、作業をしていないのが紫夕の神兵だ。監視だけで済ますからには、紫夕はいったん黙認する道を選んだのだろう。

「那己彦！」

森の川辺を上っていくと、岩場のあたりに那己彦の姿を見つけた。

明緋が声をかけると、那己彦は大きく手を振る。明るい笑顔は、泥で汚れていた。

「ちょうどいいところに来てくれた。これを見てくれ」

馬を下り、近づいてみれば、那己彦は手に泥を持っている。

「あぁ、それが昨日言っていた泥ね？」

「いい泥だ。これを堤の土台に流す。──仮王《かりのおう》は、動いたか？」

「昨日の今日で、視察に来てくれることになったわ。乗り気みたい」

「よし。計画どおりだな。さすがに貴久良《たかくら》と顔をあわせるわけにはいかん。俺はこのまま、森の奥にでも隠れていよう」

武力をもって多くの国を従えてきた迦実国《かみこく》の皇子《おうじ》が、神兵に交じっているというのはさすがにまずい。接触を避けるのは正しい判断だろう。

那己彦は川で手と顔を洗ってから、明緋と馬を並べた。ゆっくりと山を下っていく。

──大蛇《おろち》の首の裂き方を、彼らに教えてほしいの。

最初に明緋が言った時、那己彦は目をぱちくりとさせていた。

なんのことだ、と問いかけ──彼は気づいた。

川を裂くのか、と目を輝かせて。

「貴久良に、伝わればいいけれど……」

試練は、残すところあと十日となった。

明緋の強引な手が使えるのも、試練が終わるまで。明緋がこの国を去ったあとも彼らの安全を守るには、貴久良の協力が不可欠だ――というのが、那己彦の判断だ。

「治水は政の要だ。堤よりも生贄が有益だと言う者は、ただの阿呆《あほう》だ。王《おおきみ》になどならん方がいい」

森を抜ければ、視界が開ける。

ここは、ノテ川の支流とヒガ川の合流地点だ。

依頼から半日もしないうちに、那己彦は、この場所を「裂く」と決めた。

豊日国《とよひこく》の北側を、北西から東に走るのがノテ川。その太い支流は南に走り、南西から東に流れるヒガ川とほぼ垂直にぶつかる。雨が続けば、恐ろしいほどに勢いを増す場所だ。

ヒガ川の南側には、多くの田畑が広がっている。

合流地点の堤の決壊は、これまで豊日国の人々に大きな被害をもたらしてきた。

那己彦は、ノテ川の支流を、ヒガ川との合流地点の手前から裂くように指示した。溝を掘り、人工の支流を作るのだ。こうして合流地点にかかる負荷を減らすという。

川を裂いた股の部分は、五角の堤を築いて補強する。泥も、石も、この堤の材料だ。

作業をする兵士のかけ声が、ここまで聞こえてきた。

「……貴方《あなた》のおかげよ。こんな計画、貴方の存在がなければ思いつけなかった」

計画の立案から、人員の配置まで、那己彦は一人でこなした。

たった半月余りで、もう堤の形が見えつつある。明緋の想像を超えた速度だ。

「最初に聞いた時は、さすがに驚いたぞ。だが、素晴らしい計画だ。――貴久良には、堤一つで普請は終わらんと言っておいてくれ。治水というのは、何年、何十年……いや、何百年とかけて行われるべきものだ。破られては築き、破られては築き。荒れる川との果てない闘いになる」

長く、戦いの場に出されず普請を押しつけられていた、と言っていた。那己彦の目には、きっと多くのものが見えているのだろう。

那己彦は「では、頼んだぞ」と言って山の北に、馬首を向ける。

「方向、そっちであってる？」

方向感覚のなさには定評のある男だ。念のため声をかけると「あっている！」と元気な声が返ってきた。

その後を、神兵の一人が「そちらではありません！」と追いかけていったので、やはり間違っていたらしい。まったく別の方向に消えていった。

（さぁ、ここから一芝居ね）

これから、貴久良相手に芝居を打つ。

明緋は、堤に近づいた。深く掘られた穴には、大きな石が埋まっている。

「明緋様。お戻りでしたか」

羽人《はねひと》が、石を運びながら声をかけてきた。美宮から護衛についてきて、待ち時間は堤で石を運んでいたらしい。大変な働き者だ。

「ご苦労様。もうすぐ貴久良が――」

来るはずよ、と言い終えるより先に「おーい」と遠くの声に気づいた。

貴久良が、数人の供を引き連れ、馬で駆けてくる。

「明緋！　これが堤だな！　素晴らしい！」

予定よりも、ずいぶん早い到着だ。

貴久良の喜びように、明緋はホッと胸を撫《な》で下ろした。彼の歓迎は、追い風になる。

「夢で神託を得たの。今後は、この堤だけでなく、上流にも川の勢いを殺す普請が必要になるわ。神託に従い、彼らにその役目を果たさせてほしいの」

「信じられんな」

どきり、と明緋の胸は跳ね上がった。

「……いえ、私はたしかに神託を──」

「信じがたいほど素晴らしい、と思っている。このような素晴らしいお告げが下るとは。やはり、貴女《あなた》は私のソハヤヒメだ」

明緋の予定では、ここで山人《やまびと》たち全員の名前を呼ぶつもりだった。

夢のお告げは本当だった、と示し、貴久良に信じさせるためだ。もともと、麓近くにいる山人の多くは顔見知りである。

だが──その機を逸してしまった。

「……貴久良？」

貴久良は、馬を並べると明緋の手を、そっと取った。

なにやら、話の向から先が怪しくなってきた。明緋は慌てて神兵たちに「作業を続けてちょうだい」と頼んだ。

神兵たちは、不安そうな顔をしつつ、作業に戻っていく。それぞれに、ちらりと羽人を見ていたので、この場の始末は彼に一任されたようだ。

「明緋。先日の話だが、考え直してはもらえないだろうか。貴女は、やはりこの国に必要な人だ」

試練に勝った暁には、私の妻になってほしい──と貴久良は言っている。

（まずいわ。……たぶん、これってまずい流れよ）

明緋を見つめる貴久良の細い目が、心なしか輝いて見える。

那己彦が、明緋を見つめる時と同じ目だ。

「貴久良。その件は——」

「一度聞きたいと思っていた。貴女は、兄と将来の約束をしていたのか？」

ひやり——とした。

そうでなくとも、堅久良《かたくら》の話題は胸が痛む。だが、今は別方向の不安が勝った。

そこに羽人がいる。恐らく、この会話は那己彦の耳に入るだろう。

「……あぁ、えぇと……そろそろ帰りましょう、貴久良。堤を見せられてよかった」

「しかし、美宮では自由に話もできない」

「では、道すがら。それなら、ゆっくり話せるわ」

とにかく、この場を離れたい。するりと貴久良の手から逃れて馬を進めたが、羽人は、すぐあとをついてくる。護衛なので当然だ。逃げ場がない。

「実はな、前王《さきのおおきみ》がお倒れになった直後、兄はミジウに使いを送っていた。託世《たくせい》の言を、貴女と共に聞きたい、と願っていたようだ。何度か相談も受けた」

託世の言とは、王や女王が、死期を悟った時点で後継に伝える言葉だ。共に聞こうとするからには、堅久良は、明緋を未来の妻にと望んでいたのだろう。

（堅久良は、本気で私を女王にしたいと思っていたのね……）

明緋の心は、大きく揺れた。

「そう……それは、知らなかったわ」

「前王が身罷《みまか》ったあとも、兄は推名《すいな》の競射《きょうしゃ》を延ばしている。あの時はそれと知らず驚いたが……今ならばわかる。兄は、貴女を待っていたのだ」

堅久良は、明緋を待つために推名の競射を延期させた――と貴久良は言っている。

託世の言を聞き、堅久良は明緋の居場所を知った。コタリの森まで往復で一ヶ月。殯《もがり》の期間内に、間にあうか、間にあわないか、ギリギリのところだ。冬の北部であれば、間にあわない可能性の方が高い。だから、堅久良は神事を延ばしたのだ。

（そこまでして、私を待っていたの？……神事の延期なんて、そう簡単にできるものじゃないのに）

堅久良の強い思いを知り、明緋は戸惑った。

だが、明緋はその使いには会っていない。どこかで事故にでもあったのか。もし到着していれば、那己彦が来るよりも先であったはずだ。

明緋の運命は、変わっていただろうか。――わからない。

もう、聞きたくない。話したくない。考えたくもなかった。

「ごめんなさい、貴久良。まだ彼の話は……できそうにないわ」

「あぁ、すまん、明緋。悪かった。急ぎ過ぎたようだ」

心の傷は、まだ生々しく開いたままだ。

堅久良は、美宮にいる他の誰とも違っていた。今、もしここにいるのが堅久良だったら、明緋は大蛇の首を裂かずとも済んだろう。――だが、考えても意味はない。ただ、彼の常世での暮らしが、穏やかであるよう祈るばかりである。

美宮に戻るまで、明緋は口を開かなかった。


そして――翌日。

明緋は、予想どおりの災難に見舞われていた。

「堅久良は、背が高かったのか？」

作業の休憩中に「話がある」と言われ、那己彦についていくとすぐ様詰め寄られた。

態度も、内容も、予想と寸分違わない。まったくもって痴話喧嘩《ちわげんか》だ。

「背格好は貴久良とそっくりよ。見間違うくらい」

「ほぉ、そうか。貴女は、ああした姿の男が好ましいと思うのだな。馬面の」

はぁ、と明緋はため息をついた。

「従兄《いとこ》──幼馴染《おさななじ》みよ。彼はまともに話のできる唯一の人だった」

「貴女を、星媛《ほしひめ》の試練に参加させる気でいた。かなり強引な手も使っている。明確な好意はあったはずだ。俺にはわかる」

好意だけで、女王《めのきみ》になど推せるものではない──と言おうと思ったが、通じそうにない。

（そんな浮ついた話ではないわ）

女王は、王《おおきみ》と並び立つ。

母の死の直後、叔母《おば》が女王の位に就いた時、人はあまり歓迎していなかった。

ただ容色を武器に、功を示すこともなくその座に就いた──と。

よき女王として民に愛された母と、比べられることも多かったようだ。その叔母の鬱憤は、母の忘れ形見の明緋に容赦なく向けられた。

──明緋は愚か。紫夕は賢い。

毎日のように聞かされた言葉だ。

叔母は、姉妹の教育にも差をつけた。紫夕は女王になるべく育てられてきたはずだ。

その紫夕を差し置いて、堅久良は明緋を女王にと望んでいた。

望みを果たせず亡くなった堅久良だけではない。その後を継ぐ貴久良も、紫夕よりも明緋を女王にと望んでいる。

(私が、紫夕より優れてることなんて、弓の腕くらいだわ。二人には、紫夕を選びたくない理由があった……のよね。どうして？)

明緋には豊かな私領も、私兵も、支持者もいない。

山で生きる術《すべ》や弓の腕は、女王の素質とは言えないだろう。

豊日国の王になる者は、正しく選ばれた女王の指名を受ける義務がある。

「そうは言うけど、貴方、紫夕に求婚しているのよね？　それに、西部の論でいけば、多くに求婚されるのは、名誉なことなんじゃなかった？」

「そのとおりだ。そのとおりだが……俺は、貴女でなくては嫌だ」

明緋の反論に、那己彦の勢いはにわかに失われた。

紫夕ではなく、明緋を。わざわざはずれ籤《くじ》を選ぶのは、この変わり者くらいだろう。

(なにかあったのよ、きっと。なにか大きな理由が――)

女官たちに話を聞いてみよう。美宮の噂《うわさ》に詳しいホノカにでも――と思ったところで、

「明緋様――！」

遠くで、ホノカの声がした。絶妙な機である。

女官たちは、毎日大社《たいしゃ》に参拝に行っている。儀式の前日から水の張られる禊池《みそぎいけ》を確認

するためだ。水が張られていれば、なにを置いても報《しら》せにくるよう言ってある。

（ついに……来たのね）

さらに続いて「明緋様！」と別の方向から明緋を呼んでいるのは、羽人だ。美宮で、なにかがあったのだろう。

もはや、くだらぬ言い争いができる状況ではない。

「行くわよ、那己彦。……いよいよ、時だわ」

「そのようだ。手はずどおり粛々と進めるとしよう」

さすがの那己彦も、こんな時までおかしな絡み方はしてこない。

木陰にいた二人は、声のする方に向かう。

先に明緋が歩くのは、那己彦の誘導が面倒だからだ。

途中で、明緋は「那己彦」と名を呼んでから、後ろを振り返った。

「私は豊日国の女だから、夫は自分で選ぶわ。口出しはされたくない。あと、貴久良の顔のことを悪く言わないで。顔も背丈も、その人の価値を決めるものではないのよ」

むぅ、と那己彦はうなってから「わかった」と小さく答えた。

木陰から出ると、羽人とホノカが、ほとんど同時に二人の前に立つ。

ホノカが息を切らせて「明緋様。禊池に水が――」と言い、羽人が「紫夕様が、指弾の論を斎庭《いつきのにわ》で行うそうです」と伝えた。

指弾の論は、明緋も山人を助けだすために行っている。

その際は、仮王《かりのおう》と斎長《いつきおさ》だけを相手に行ったが、紫夕は派手に公開する気でいるようだ。

(いずれ来ると思っていたわ。遅いくらいよ)

紫夕の企《たくら》みを潰す。その意味において、勝負はここで半ば決まると言っていい。

作戦も練ってきた。負けるつもりはない。

「明緋。堂々としていろ。女王に相応《ふさわ》しい者は誰か、諸臣に示すのだ」

「えぇ。——そちらは任せたわ」

「任せろ。約束だからな。殺さず、殺させず、傷つけない。力を尽くす」

那己彦は、自分の薄い胸をどんと叩《たた》いた。

すでに岩牢《いわろう》から山人たちを逃がす段取りは、神兵たちとつけてある、と言っていた。

頼もしい人だ。人を動かすのが抜群に上手《うま》い。

(……ねちっこいのが玉に瑕《きず》だけど)

明緋にとって、那己彦は今や唯一無二の存在だ。他の誰とも比較しようがないというのに。なぜ、あれほど不安がるのか、よくわからない。

しかし、なぜと問うたところで、彼にも明確な答えなどないような気がした。

なんにせよ、今は勝負の時だ。その場で那己彦と別れ、明緋は美宮を目指した。

斎庭に着くなり、明緋は露台の前に立たされた。

「星媛の試練において、重大なる妨害が行われたとして指弾がございました。可か、否か、仮王並びに、ご列席の皆様のお知恵をお借りいたします」

斎長が、拝舎《はいしゃ》に居並ぶ諸臣に伝えると同時に、紫夕は円座から立ち上がり、簾《すだれ》を越えて階《きざはし》から見下ろしてきた。よく似た顔が、対峙《たいじ》する。

（珍しい。紫夕が慌てているわ）

なにやらおかしくなったが、なんとか笑うのはこらえた。

明緋の方は落ち着いたものだ。涼しい顔で、紫夕に視線を返している。

「この者は、我が功を妨害した。雨乞いの生贄《いけにえ》を勝手に連れ出し、使役している。試練は神事。妨げは、禍《わざわい》をもたらす」

おおよそ、想像のついていた内容である。

こちらが答えるべき事柄も、用意したままでよさそうだ。

「私は、夢で神託を受けたの。神事に用いる人の名も聞いたわ。ノイ、ワト、ジリ……五十人の名を、私はすべて呼べる。全員連れてきて、確認してもらっても構わないわ」

「なにが夢だ。ふざけたことを。堤の作り方まで、神々が報せたというのか」

「えぇ、そうよ。試練の期間だけでなく、選ばれた彼らの言葉に従い、何十年、何百年と治水普請は行われるべきだと。たしかに聞いたわ。妨げは禍を呼ぶわよ？」

「お前の耳には、雨を乞う民の声が聞こえぬのか」

「雨の少ない春は、長雨の夏に弱い。乾いた土は急に増えた水を吸わないからよ。今だからこそ、備えは厚くすべきだわ」

堂々と、明緋は答えた。

拝舎が静かにざわめいている。

「生贄を捧《ささ》げれば、祈りは届く。雨は必ず降るであろう」

「雨は降るわ。――生贄など必要ない」

ここで、貴久良が立ち上がり仲裁に入った。

「よし、両者の言い分は、皆も聞いたな？　どちらも神託だ。重んじねばならん。だが、両者の神託は、一見両立しない。ここを上手《うま》く調整してだな……つまり――星媛の試練が終わるまで……いや、前日までに雨が降らなければ、紫夕の生贄が勝る。降れば明緋の堤が勝る……ということでどうだ？」

貴久良が、拝舎全体に向かって提案する。

明緋は、心で喝采を贈った。

(堤を見せた甲斐《かい》があったわ！　ひとまず、時間は稼げる)

試練が終わるぎりぎりまで普請を進めれば、明らかな功として堤を示し得る。雨が降らずとも堤を武器に交渉できるだろう。こちらには、有利な展開だ。

斎長は、蛇のような顔を苦くし、即答しかねている。

拝舎の諸臣は、意見を交わしあっていた。つまり検討の余地があるということだ。

紫夕と目があう。こらえるつもりだが、ぶふっと小さくふき出してしまった。

公開で指弾してきたからには、勝つ気でいたのだろう。恐らく、圧倒的に。明緋は愚か、と言った叔母の言葉を真に受けて、人を侮るから恥をかく羽目になる。

――紫夕が、つかつかと近づいてきた。

(……なに？)

殴りでもする気だろうか。明緋は身構える――が、油断はあった。膂力《りょりょく》において、明緋は圧倒的に勝る。殺される心配までは不要だと思っていたからだ。

だから、近づくに任せてしまった。

黒曜石の刀がひらめき――その判断を後悔する。紫夕の性格の悪さを、見誤った。

ビリリと派手な音を立て、袖が肩から裂かれる。

「あ――」

とっさに隠そうとした。

肌は――腕だけは、人目に晒《さら》したくない。

だが、紫夕の手は、ぎっちりと左の袖をつかんで離さなかった。

(嫌だ――)

隠したい。逃げ出したい。――怖い。

恐怖のあまり――足が出ていた。猪《いのしし》を、一撃で仕留める蹴りが。

「ぎゃっ!」

鈍い感触が、豪奢《ごうしゃ》な絹ごしに伝わってきた。

鮮やかな紅色――恐らく紫夕の領巾《ひれ》だろう――は、思いがけず遠くまで飛んでいった。

そして、ひらめく白。そして翠《みどり》。強く袖をつかんだ紫夕を、とっさに蹴り飛ばしたのだから当然だ。明緋の着物の袖は、翠の領巾と共に、紫夕の身体《からだ》ごと飛んでいった。

そのせいで、明緋の左腕は、肩から露出してしまう。

肩から手首まで続く鮮やかな、痣《あざ》。大蛇《おろち》に見初められた者の証《あか》しが、人の目に晒される。

誰かが「大蛇の印《しるし》だ」「六勾妹《むまがりのいも》だ」と声に出した。途端にざわめきが起きる。細い悲鳴は、女官のものだろう。

声が空を覆うほど大きくなり――ふいに遠くなった。

しっかりと自分を抱きかかえる腕がある。女官の淡萌黄《あわもえぎ》が目の前に広がり――

その身体が、女のものではないと、すぐに気づいた。

那己彦だ。

ふわりとかかった布が、明緋の腕を隠す。

頭を抱える那己彦の腕が耳もふさいでくれたので、拝舎の声は遠くなる。

「雨だ、明緋」

ただ、那己彦の囁《ささや》く声だけが、はっきりと聞こえる。

ぽつり――と、乾いた地面が、音を立てた。

ぽつ、ぽつ、ぽつ。

(雨――)

――六勾妹は、雨を呼ぶ。

いつぞや聞いた言葉が、頭に蘇《よみがえ》る。

生贄などなくとも雨は降る、と明緋が宣言した。貴久良が条件を出した直後に痣が衆目の前に晒された。そして――雨が降った。ただの偶然だ。

だが、人はそうは思わないだろう。当の明緋にもわかる。

六勾妹という呪いが、人々の認識を歪《ゆが》めたのだ。

わぁっと歓声が上がった。

「雨だ！」

「明緋様が、雨を――」

那己彦が明緋を抱え、聴宮《きこえみや》の階を上がる。誰も止めはしなかった。

「獣《けだもの》め。さっさと殺しておけばよかった」

女官に助け起こされた紫夕の声が、歓声の中でもはっきりと聞こえる。

雨乞いを急げばよかった、と言っているのか、早く明緋を始末しておけばよかったと言っているのか、判断できない。あるいは、どちらの意味でもあったのだろう。

部屋に戻った明緋は、女官が来るまで那己彦にすがっていた。

そうでもしないと、耐えられない。

人々は、明緋の身に刻まれた呪いを知ってしまった。歓声は、今だけだ。

――明緋様が、雨を呼んだ。

遠くに聞こえる声が、ただ、ただ、恐ろしかった。

明緋は、その日のうちに居室を移された。

（牢じゃないの、これ）

一夜明け、明緋は、格子に手をかけてため息をつく。

移されたのは、奥宮の一室。中庭に面した部屋だ。

牢、とは言ったものの、ただ格子があるだけで、制限されるのは移動だけである。

（私が雨を降らせたって言うなら、神様待遇で、酒の一つも出してくれたらいいのに）

格子つきの部屋に移されたからには、咎《とが》められてはいるのだろう。

六勾妹であったから？　紫夕を蹴り飛ばしたから？　理由は聞かされていない。

（この雨だもの、雨乞いは中止になっただろうけど……心配だわ。普請は、続けられるのかしら……こんなところにいては、なにもわからない）

昨日降り出した雨は、夜には小降りになり、今朝には上がった。

庭の砂利は濡《ぬ》れ、つやつやと光っている。

ころりと横になれば、やや明るい曇天が見えた。

――似ている、と明緋は思う。

七年前、やっと降り出した雨は、人々が願ったよりも長く続いた。

この雨も、長く続くかもしれない。

――六勾妹は、雨を呼ぶ。

これは明緋だけが持つ認識ではない。

拝舎にいた人々もそうと思えばこそ、明緋が降らせた雨だと思ったのだろう。

歓喜は一時的なものだ。歓声は、長雨になれば怨嗟《えんさ》に変わる。

——さらさらと衣《きぬ》ずれの音がした。

女官が、廊下を歩いてくるのが目の端に映る。那己彦だ。

「明緋、大丈夫か？」

こちらに背を向けたまま、ふわりと座る。相変わらず、美しい女官姿である。

明緋は、ゆっくりと身体を起こした。

「……昨日は、ごめんなさい。取り乱してしまったわ」

ひどく動揺していた。記憶は曖昧ながら、醜態を見せたような気がする。

明緋がマシロにするように、那己彦が背を撫《な》でてくれていたのは覚えているが、好んで思い出したくはなかった。

「派手な妨害だったな。なに、すぐに巻き返せる。普請を続けよう。貴女《あなた》も自由になったら、また来てくれ」

那己彦は気にした様子もなく、声はあくまでも明るい。

「もう、あの場には行かないわ。あわせる顔がないもの」

「なにを言う。貴女の姿を見るのを、皆も楽しみにしているぞ。士気も上がる」

「……私のせいなの。山人《やまびと》が、あんな目にあったのは」

「またそれか。貴女もしつこいな！」

那己彦の声に、笑いが交じる。

いつも那己彦は明るい。ただ、今はその明るさにいら立った。

「私の痣を、貴方《あなた》も見たはずよ」

ずっと秘してきた。女官にさえ、肌を見せたことはない。

腕の痣を晒された昨日と今日は、明確に隔たる。

変化は避けられないはずだ。那己彦の楽観と、明緋の絶望は並走できない。

「すまん。見えてしまった。……少しだけ」

「あれは六勾大蛇《むまがりのおろち》が見初めた者の証し。タマモヒメの肌に刻まれていたのと同じよ。大蛇の妻は、国の禍《わざわい》を背負って川に入るの」

「ふむ。大蛇も懲りないな。それで西部を追われたのに、東部でも繰り返しているとは」

那己彦は「色好みは、一生治らん」と知り合いの話でもするように神話の大蛇を評した。

その口調は、どこかのんびりしている。

（わからないんだわ、この人には）

明緋のいら立ちは募った。

「山人の世にも、同じような禁忌があったなんて……本当に知らなかったの。私、ノイだけじゃなく、あちこちの山人の家を訪ねてるわ」

「あぁ、蛇の痣のある者を家に入れると、大きな禍を招く……のだったな」

あれだけの派手な騒ぎだ。神兵を通じて、明緋の痣の話は山人たちの耳にも入るだろう。

「彼らは、きっと私を忌む。私だって、彼らをこれ以上ひどい目にあわせたくない」

「違う。何度でも言うが、それは違うぞ。彼らの受難が貴女のせいであるものか。――しかし、彼らが恐れるようであれば、無理に働かせはしない。好きにさせよう」

なにも変わらず、会話が続いている。

「那己彦は……気にならないの？」

「気になるどころの騒ぎではない。俺はあの女を許さんぞ。野蛮に過ぎる」

知ってしまえば、これまでと同じではいられないはずだ。女官たちも、恐れて部屋に近づかない。すべてが大きく隔たっているはずなのに。

那己彦は、昨日も明緋を厭《いと》うような行動は一切取っていない。

「……私には、痣がある。大きな痣が。妻になる話さえしたのに、貴方に黙っていたわ」

「俺とて、貴女になにもかもを伝えているわけではない。お互い様だ」

違う。そんなことが言いたいのではない。

明緋は、ぐっと拳を握りしめた。

「そうではなく――その……」

――その痣《あざ》では、男が逃げる。

叔母《おば》から何度聞かされただろう。父に伝えているのを、聞いた覚えもある。あんな禍々《まがまが》しい痣があっては、縁談など無理だ、と。父も叔母の言を否定しなかった。

「どうした。まさか、痣が婚姻の阻害になるとでも思っているのか？」

言葉に詰まる。

そのとおりだが、そうと認めるのに抵抗がある。

「わからない。なるかもしれないし……ならないかもしれない。わからないの。ただ、男は痣を忌むものだと、聞いたことがあったから……そういう、ものなのかと」

――醜い。お前に選ばれた男は、不幸だ。

叔母の言葉が、まだ胸に刺さっている。

「貴女が俺の妻になってもいい、とあの時言ったのは、山人の悲劇に責任を感じたからだろう？　川に身投げをするのと同じ覚悟だ。ただの軀《むくろ》。痣の有無などどうでもいい」

あ、と明緋は声を上げ、手で口を押さえた。

己の心が傷ついたからではない。

自分の申し出が、どれほど残酷なものであったかを、はじめて自覚したからだ。

軀をくれてやるから力を貸せ、と言ったも同然だ。心が欲しい、と言った那己彦に対し、あまりに配慮の足りぬ言葉だった。

「ご、ごめんなさい……私、とても失礼なことを……」

とっさに、謝る他ない。

謝罪が、正しい選択であるか否かを、考える余裕もなかった。

「なんであれ、貴女の責であるものか。何度でも言うぞ。紫夕の行為は野蛮で、居並んだ男たちの態度も野蛮だった。強く止めなかった貴久良も同罪だ。──特にあの斎長《いつきおさ》は許せん。身を乗り出して、目を爛々《らんらん》とさせていた。殺──許しがたい」

殺してやりたい、と口にするのは思いとどまったようだ。

だが、ひどく怒っている。それも、明緋の名誉のために。そんな人は、今この美宮にいる人間で、ただ一人だけだろう。

「いつもこうよ。私が少しでも彼女に勝ると、全力で潰しにくる。そうして言うの。──お前が悪いって。今回のことも、きっと言うわ。悪いのは、痣を暴いた彼女でも、無遠慮に見た男たちでもない。そんな痣を持って生まれたお前だ……って」

父も、叔母も。周りの誰もが、紫夕を咎めなかった。最も理解のあった堅久良でさえ、同情を示した程度だ。

那己彦のように、明緋のために腹を立てた人など、これまでいなかった。

胸が切なく締めつけられ、泣きだしたいような気持ちになる。

「俺が、なぜ兄たちに虐げられたと思う？」

突然、話が変わる。明緋も彼の話し方に慣れたので、不可解には思わなかった。

「……わからない。賢さに嫉妬でもされたの？」

那己彦は、小さく笑った。そして「違う」と明緋の言を否定する。

「母が弱かった――いや、弱い母を、父が守らなかったからだ。母は貴族の娘ではなく、厨《くりや》で働く女だった。美しい、というだけの理由で大皇《だいおう》が手をつけた。母は、他の妃《きさき》らに無視をされたし、大皇からの贈り物も奪われた。妃らは言った。『お前が下賤《げせん》だからだ』と。俺も兄たちに虐げられた。『下賤な母の子だから』と。――父は、母と子を守るべきだった。もし、俺が父の愛を多く受けていたら話は違った。貴女が、もし父の庇護《ひご》を正しく受けていても、話は違っただろう」

「そう……かもしれない」

たしかに、父が姉妹を平等に愛していたら、明緋と紫夕は、今のような関係ではなかったように思う。

「理由があろうとなかろうと、虐げたことは正当化できない。蔑みも、暴力も、貴女の言う呪いと同じだ。必ずや彼らの身に返る。貴女の妹は、いずれ身を滅ぼすだろう」

そんな日がくるのだろうか。

ずっと、その機会を待っている。幼い頃から、ずっと。

紫夕が自分に向けた憎しみが、彼女に返る日を。

「そうなったらいい。悔やめばいいわ」

「あぁ、悔やませてやれ。この試練に勝つのが、なによりの報復だ。――先ほど、斎長が宣言した。六勾妹《むまがりのいも》であっても、試練に参加はできるそうだ。さらに、女王《めのきみ》に選ばれれば生贄《いけにえ》の任から解かれる、とも言っていた。知っていたか？」

明緋は、首を傾《かし》げた。

「いえ。……初耳よ。いくらなんでも都合がよすぎない？」

明緋は、物心ついた時から、美宮の内外で様々な話を集めてきた。

伝承。呪い。禁忌。美宮の則《のり》は、神話めいた趣がある。それらを聞いて歩くのも、山歩きや訓練と並ぶ日課であった。とりわけ六勾妹の話は、自分の話だとは気づかせぬよう気を使いながら、古老の衛兵や、最古参の女官から話を聞いたものだが――

（そんな則、聞いたことがない。もしそれが本当だったとしたら……）

七年前、堅久良からの申し出を、明緋は歓迎したのではないだろうか。

死なずに済むのだ。それも相手は、美宮で唯一心を許せる相手であったのだから。

明緋の心を見透かしたように、那己彦が横目でこちらを見る視線は厳しい。

「そうだ、都合がよすぎる。まるで貴女《あなた》のためにあるような則だ。生贄は、高位の順から選ばれるのだったな？」

蛇の痣は、豊日国に生きる者に一定数出る。それも女にだけ。原因は不明だが、あるいは本当に大蛇《おろち》の呪いであるのかもしれない。

赤子に蛇の痣が出た場合、母親は祀殿《しでん》に報告する義務がある。王族、貴族、庶民。身分などに関係はないそうだ。

「ええ。そもそも高位の順に生贄を選ぶ則は、過去の女王の選択なの。下位の者から選べば、禍が祓《はら》えなかった時、二人、三人、と犠牲者が増える。だから、最初から高位な者が選ばれるべきって。それで自ら川に入ったそうよ。女王であることは、生贄を免れる条件にはなり得ない。……最近できた則なのかしら。変ね」

「……なるほど。いや、伏せておいてもよかったが、そうすると貴女の決断に正しさが出ない。――俺は、しかと伝えたぞ。貴女は、選ぶことができる」

スッと那己彦が立ち上がった。

たしかに、その則を前提にすれば、試練に勝利したのち貴久良の女王に収まる道もある。

だが、少しも心は動かなかった。

それは身体《からだ》に刻まれた呪いを解く、正しい方法ではないと思うからだ。

「那己彦」

格子に手をかけ、明緋は那己彦を呼んだ。

「……どうした？」

「叔母は、私の痣をおぞましいと言ったわ。夫は持てない。持つべきではない。醜い私の夫になる男は気の毒だって。——ごめんなさい。軀を捧《ささ》げるつもりじゃなかったの。私は、なにも持っていないから」

はぁ、と那己彦が背を向けたまま、ため息をついた。

辺りを注意深くうかがってから、那己彦は、くるりと振り返って「そうじゃない」と首を大きく横に振った。

「痣の有無などで、貴女の価値が決まるものか」

那己彦の言葉は理解できる。だが、心まで届かない。

知識は増やせる。間違いは正せる。しかし叔母の言葉は、目をそらし続けていた分、幼い頃に刻まれたままだ。

「――痣がなければ、こんな人生は歩んでなかったわ」

那己彦の手が、明緋の手に重なる。

美しい女官の姿をしていても、手はごつごつとしていてしなやかではない。

「明緋。俺は、雪山で俺を助けてくれた貴女が好きだ。道を間違った俺を追ってきた貴女が……旅の間、俺に話をせがむ貴女が――山人《やまびと》のために命を賭すと決めた貴女が好きなのだ。なにも諦めず、すべてを得ると言った貴女が。痣はまったく関係ない」

きっぱりと那己彦は言い切った。

彼の励ましは、いつも明緋に勇気をくれる。

「……ありがとう。そう言ってもらえると、少し気が楽になる」

「普請は任せろ。紫夕の思惑どおりになど、事を進めさせてたまるか。俺たちは、いつまでも踏まれっぱなしではいないぞ。共に戦おう」

那己彦が、明るく笑む。もうその明るさにいら立ちは感じなかった。

負けるか。負けてなるものか。――萎えていた闘志が、再び湧いてくる。

明緋の勝利は、那己彦の勝利でもあった。

やはり、自分たちは導きの星で結ばれているらしい。今ほど、強く感じたことはない。

「──那己彦。私、決して負けないわ。勝ってみせる。そして、いつか貴方《あなた》が兄上たちの暴力に報いる日がきたら、必ず手伝うわ」

「それは心強いな」

はは、と明るく笑って、那己彦は去っていった。

淡萌黄《あわもえぎ》が、中庭の角を曲がり、視界から消える。──その淡萌黄の消えたところに、ふっと淡い桃色が見えた。キリである。

「キリ。どうしたの？　こんなところに」

急ぎ足で近づいてきたキリは、格子の間から翠《みどり》の領巾《ひれ》を入れてきた。

昨日、紫夕ともども飛んでいったのを、わざわざ持ってきてくれたらしい。

「女官たちが困っていたようなので、見かねて預かって参りました。お節介でしたらごめんなさい」

明緋が六勾妹と知って、女官たちは恐れた。

昨夜の怯《おび》えようも、気の毒になるほどだった。今も近づくのを恐れているのだろう。

（恐れるのも無理ないわ。それが普通よ）

蛇の痣を持っていると知って、知る前と態度が変わらない方が稀《まれ》だ。

だが──キリは稀な方の人間らしい。

「ありがとう。助かったわ」

那己彦から受け取った領巾は、戦うための道具だ。ぎゅっと胸に抱きしめてから、肩からかける。

「美しい翠ですね。私、このように見事な領巾ははじめて見ました。これは仮王《かりのおう》から賜ったものですか？」

「あ……えぇと……」

明緋は、返答に窮した。

以前はミジウで手に入れた、と言えたのだが、もうその手は使えない。

歯切れの悪さから察したのだろう。キリがハッと息を呑《の》む。

「すみません、余計なことを！　仮王は、明緋様を特別に思われていると人が言うものですから……つい、僻《ひが》んだ物言いをしてしまいました」

キリはうつむいて、小さく「お許しを」と言った。

その目が潤みだしたので、明緋は慌てる。か弱い娘には、どうにも弱い。

「あぁ、謝らないで。そう見えるのも仕方ないもの。従兄《いとこ》の手は借りたけど、試練は正々堂々と闘うわ。第一、女王を選ぶのは仮王ではなく、斎長なんだし」

「そうですね。紫夕様は大社《たいしゃ》にたくさん寄進をして、信心を示しておられますし……お二人のいずれかが選ばれるのが当然のように思われて、僻んでばかりいました。でも、明緋様の今のお言葉を聞いたら、勇気がでました。ありがとうございます」

健気《けなげ》なことを言って、キリは微笑《ほほえ》んだ。

「共に、力を尽くしましょう」

「はい。――そういえば、南の赤い獅子《しし》のお話をするお約束でしたわ」

「ぜ、是非！　それは、是非聞かせてほしいわ。獅子の形に似た石に丹《に》を塗り、対で門に置くと、家の主《あるじ》が亡くなった時、常世まで案内してくれるのよね？」

伝承は大好物である。明緋は、前のめりになって格子に手をついた。

「よく……ご存じですね。驚きました」

勢いよく喋《しゃべ》りすぎたらしい。キリの表情に陰りが見える。

「偶然なのよ。介抱した南部出身の人から話を聞く機会があって――」

「……あぁ、いけない。用事を思い出しました。そろそろ戻らないと。また、いずれ」

明緋の言葉を遮り、慌ただしくキリは立ち上がった。

（まだ、なにも聞いてないのに……）

先ほどまでは、のんびりとした様子だったのに、ずいぶん急なことである。

しかし、試練の最中だ。引き止めるのも申し訳ない。明緋が礼を言いつつ笑顔で手を振ると、キリは素っ気ない会釈をして去っていった。

（それにしても変わった人。六勾妹《むまがりのいも》が怖くないのね）

南部出身の父に育てられ、東部の風習が肌に馴染《なじ》んでいないのか、穏やかな印象にそぐわず気丈な人なのか。

キリが去って間もなく、貴久良が来て、明緋を格子から出した。

そういえば、貴久良も明緋を厭《いと》わなかった。だが、それは都合のよい王女《ひめみこ》が、彼に必要だったからだ。人柄とは、また別の話のように思う。

「すまん。いろいろとあってな。遅くなった。部屋で話そう」

明緋の部屋に戻ると、謝罪の意味もこめてか、酒が用意されていた。

酒を互いに一杯干したところで、貴久良は事の経緯を教えてくれた。紫夕の指弾の論は、諸臣とも相談の末、流す形となったそうだ。

「試練は続行できるのね？」

「あぁ。もはや堤に勝てるものを、紫夕もキリも用意できないだろう。――勝てる戦だ」

たしかに、勝利は見えている。

試練は、残り八日。ここから彼女たちが巻き返すのは難しいだろう。

「雨に助けられたわ」

「いや、貴女はやはり神に嘉《よみ》された存在なのだろう。——女王《めのきみ》として立ってもらいたいという声も多く聞こえたぞ。ソハヤヒメの再来だ、と」

明緋は眉を寄せた。

今、明緋が感じている恐怖を、貴久良は知らない。

このまま七年前と同じように長雨になった時、どこに怨嗟《えんさ》の声が向かうか、少しでも貴久良は考えただろうか。

呪いは、事の因果関係を誤認させる。雨が明緋の力だと思う者は、長雨の責も押しつけてくる者だ。天の営みの、功も責も、一人の人間が負うべきではないというのに。

(どうせ、言ったところで通じない。無駄だわ)

貴久良はきっと言うだろう。女王になれば、六勾妹の責から解放されるのだ——と。めでたいことだとばかりに。だが、次は代わりに誰かが生贄《いけにえ》として川に入らねばならなくなる。明緋が呼んだ、といわれる雨を収めるためにだ。

この苦しみと不安が、貴久良にはわからない。話したところで、理解されるとも思えなかった。誰が選ばれても、彼らは痛痒《つうよう》を感じないだろう。

「貴女が女王になってくれれば、どれほど心強いか知れない。気持ちが変わるのを待っているぞ、明緋」

貴久良は、笑顔を残して去っていく。

その背を見送り、明緋はため息をついた。憂いは、ひたすらに深い。


日が、幾つか過ぎた。明緋は、貴久良から「これ以上の厄介事は避けてくれ」と頭を下げられ、美宮に留《とど》まっている。

頭を下げられるまでもなく、山にはいけない。明緋はおとなしく、弓の調整と、矢作りに日を費やした。

毎日、羽人から報告が届き、取次のサユキが伝えてくれる。

明緋が六勾妹だと知り、七名の神兵が脱走したそうだ。すぐに補充されたと言っていたので、那己彦が迦実国から連れてきた兵士が、穴を埋めたのだろう。

残りの神兵は、変わらず作業に励んでいるという。

「立派な堤を築く明緋様こそ、女王に相応《ふさわ》しいのでは——との声を、市《いち》でも耳にするようになりました」

ホノカが、目を輝かせて言う。

女官のうち三人は、禍《わざわい》に恐れをなして逃げたそうだが、サユキとホノカだけはその座に留まっていた。

「明緋様をソハヤヒメのようだと言う者が多くおります。美宮にも、大路にも。きっと、いえ、必ず明緋様が女王になられます」

サユキに続いて、ホノカも頬を染めて言った。

恐れるか、崇《あが》めるか。

禍々《まがまが》しい六勾妹か、建国の祖たるソハヤヒメか。

痣《あざ》が暴かれた日から、おおよそ人の反応は二種類に絞られた。

女官たちは口にしないが、明緋を称《たた》える声と恐れる声は同じ程度あるはずだ。

ただ、指弾の論の最中に降った雨以来、いい風が吹いている――ように感じる。

那己彦はノテ川の支流を裂く溝を掘るのに、豊日国の農夫の力を借りた。運んだ石の量に応じて豆を配る、と触れ回ったそうだ。

おかげで、作業は大幅に速度を上げたという。

実に神話的な逸話である。ふさぎがちな明緋の心は、日々の報《しら》せに励まされた。

(このまま、事が進んでくれればいいけれど……)

――指弾の論以降、紫夕に動きはなかった。

羽人の報告によれば、神兵たちは、変わらず山人の監視をしているらしい。数も、岩牢《いわろう》と兵舎に五十人揃《そろ》っているのが毎日確認されている。

監視を続けるからには、まだ紫夕は山人《やまびと》を諦めていないのだろう。

大社の禊池は、毎日キリが衛兵を連れて確認していた。

不気味な沈黙である。だが、紫夕の雨乞いは不発に終わり、キリの神兵は国境《くにざかい》にいる。

二日に一度は顔を出す貴久良にも、女官たちにも、明緋にも、楽観はあったように思う。

――その、青ざめたホノカの報告が入るまでは。

その報せは、試練の日数を四日残した昼過ぎに入った。

「明緋様！　大変です！　大社で禊《みそぎ》が……申し訳ありません！　禊池に、水が張られていたようで……斎人《いつきびと》は出払っておりました！」

部屋に飛び込んできたホノカの報せに、明緋も顔色を失った。

ホノカの顔は、明らかに失態を自覚していた。聞けば、いつもは二人体制で禊池に行くものを、昨日だけはホノカ一人が夕方近くに行ったそうだ。

「池にはいつから水が？　神事は？　なんの神事が、行われたのです？」

「わかりません……昨夜の夕は、雨で少し暗くて……今、兵舎に確認を頼んでいます。申し訳ございませんでした！」

兵舎にいる紫夕の神兵にも、変化はなかったはずだ。

ロウト山でも、引き続き山人たちへの監視が続いている、と聞いている。数も五十人。

（いえ、違うわ。紫夕は私兵を持っている。──そうよ。試練がはじまってすぐの頃、ノイの家を紫夕の神兵が襲ったのも、私の神兵が到着するより前だった。印《しるし》は結い紐《ひも》だけ。岩牢の五十人を把握できていても、紫夕は私兵を、神兵を装って動かすことができる）

もっと早く、気づくべきだった。後悔が身を焼く。

明緋は立ち上がり、部屋を飛び出す。

「貴久良に──仮王《かりのおう》に、明緋が美宮を出ると伝えて！」

女官たちの制止の声は聞こえたが、足は止まらなかった。

予感はあったのだ。いつも紫夕は、明緋が思うより悪辣な手で攻めてくる。

外廊を大股に歩くのももどかしく、いつしか走っていた。

兵舎にいた神兵を二人護衛につけ、明緋は馬で美宮を飛び出す。

まっすぐに堤へ向かったのは、ただの勘だ。

紫夕は昔から、明緋の気に入ったものを壊す。弓。矢。着物。沓《くつ》。仲のよかった女官は、怪我《けが》をして美宮を去った。愛馬は、足を折られて殺された。堅久良と話していた時間とて、何度も邪魔をされたものだ。

だから、攻撃を仕掛けてくるならば、堤か、山人か。

（──那己彦かもしれない）

今、明緋にとって最も親しい人といえば、彼だ。

嫌な予感だけが、群雲のように湧いてくる。

(相手は紫夕だと、わかっていたはずなのに！　もっと慎重になるべきだった！)

ヒガ川に到着したのは、夕も近い時刻だった。

堤から、やや離れた場所に人垣ができていて、細い煙がかすかに立っている。

明緋は馬を下り、厚い人垣に近づいた。

ひどく焦げ臭い。嫌な臭いだ。

「明緋様！　いけません！」

人垣の中にいた、柿色の結い紐の神兵が近づいてくる。

その中には、羽人の姿もあった。

「羽人、なにがあったの？　那己彦は？」

「どうか、ご覧にならないでください。お願いいたします」

青ざめた羽人の顔が、事態の深刻さを物語っている。

「な、那己彦はどこ？　無事なの？」

「那己彦様は、他の山人たちを逃がすために、山の東に向かわれました。ご無事です」

よかった。明緋は、とっさに浮かんだ最悪の事態を免れたことに安堵《あんど》した。

だが――

なにも解決はしていない。最悪の事態など、まだまだいくらでも想像できる。

この人垣は？　見るなと強く止めねばならぬ理由は？　そして――この臭気は。

「では、なにが……」

今、羽人は他の山人たちを逃している、と言った。

すると、標的にされたのは、普請に関わる山人とは別、ということになる。

「五角堤付近に動きがないので、紫夕様の動きに気づくのが遅れました。今朝、生贄狩りが行われ……前回の難を逃れた山人たちの隠れ家が襲われました」

こちらは寡兵。残り少ない日数で作業を急いでもいた。その上、大社の変化まで見逃した。その隙をつかれたのだ。

「……もう、雨乞いは必要ないはずよ」

「戦が起きる、とおおせでした」

「戦？　戦なんて、どこで起きてるの？」

「戦勝祈願、とのことでした。早晩、必ず戦が起きると……紫夕様は、そのように宣言して火をかけ――」

ハッと羽人が口を押さえた。

火をかける、という言葉が、明緋の恐怖を逆に麻痺《まひ》させる。

いけません、と止められたが、羽人の腕を振り払い、明緋は進んだ。

その足が、ぐい、と袖を引っ張られて止まる。

驚いて横を見れば、そこにノイがいる。

髪を振り乱したノイの目は、真っ赤に腫れていた。

「姫様、アンタのせいだ」

「ノイ……」

ぐいぐいと、袖を引っ張られる。

その怨恨に満ちた目に、明緋は青ざめた。

「アンタ、蛇の痣持ちだったんだろう？　里の兵士に聞いた。アンタを家に招いたせいで、この様だ！　見ろ！」

ノイが袖をまくれば、生々しい火傷《やけど》の——焼きただれた蛇の印が目を射た。

明緋の痣と同じ場所にある、似通った形の火傷だ。

「ごめんなさい……本当に……」

謝って、なにが変わるものでもない。

痣の禍を知らなかった、などと今更言うことに、意味などないだろう。

「よせ！　明緋様は、手を尽くされた。責めるなら、我ら神兵を責めてくれ！」

羽人が、ノイを引きはがす。腰の曲がったノイは、あっさりと地に転がった。

「なんで母さんは、死ななきゃならなかったんだ！　痣持ちのせいじゃなきゃ、なんでこんな目に……どうして焼き殺されなきゃいけなかったんだ！」

ノイは地に突っ伏して泣き出した。

――どうして？

明緋にもわからない。こちらが問いたいくらいだ。

山人たちの口から「禍のせいだ」「痣持ちのせいでこんな目に」と声が上がる。

彼らを凍える岩牢から出し、火傷の手当てをした。あの時は、感謝の言葉を紡いだ口から、怨《うら》みの声が発せられる。

その怨嗟《えんさ》に、明緋の足は震えた。

見届けねば――と思った。この人垣の向こうに、生贄《いけにえ》として焼き殺された軀《むくろ》がある。

ちらりと視界に入ったのは、まだ煙を細く吐く黒い小山だ。

羽人が、明緋に「戻りましょう」と声をかける。

「力及ばず、申し訳ありません。……十人、殺されました」

「こんなはずでは……なかったの」

救えると思った。自分が招いた禍《わざわい》から、彼らを救い得ると、信じていた。

すべてを手に入れるつもりだった。

だからこそ、こんな途方もない計画を進められたのだ。

ウォン！

懐かしい声が、小さく聞こえた。

「マシロ！」

白い大きな犬が、こちらに向かって駆けてくる。

その後ろにいるのは、ノイの娘だ。他にも十数人。難を逃れた者が戻ってきたようだ。

山人たちは、生き延びた家族に駆け寄る。

涙ながらに再会を喜ぶ声に、怨嗟はかき消された。

「キキ！　あぁ、無事だったんだね！」

ノイは、娘を強く抱きしめる。

「母さん……！　女みたいな顔の男と、マシロが助けてくれた！　でも……婆様《ばば》が……婆様は、どうしたの？　あそこにいるの？」

「見るな！　見ちゃいけない！」

ノイは娘を抱きしめ、大声を上げて泣き出した。あちこちで嗚咽《おえつ》が聞こえる。

親を亡くした者。子を亡くした者。それぞれの嘆きが、胸を締めつけた。
明緋は、ぎゅっと足元に寄ってきたマシロを抱きしめた。
「ありがとう……マシロ。皆を助けてくれたのね」
マシロは賢い。きっと那己彦と一緒に、多くを助けようと働いてくれたに違いない。
いつも、マシロは明緋を導いてくれた。
誰が望んで禍など振りまくだろう。明緋は、善なる者でありたい、と願い続けてきた。
──母のように。
(これは、私のせい？　私が招いた禍なの？)
黒い軀が、十。たしかに見えた。
この凄惨さが、自分の招いた悲劇だとは思えなかった。
(禍を招いたのは──紫夕だ)
強い怒りが、身体《からだ》を震わせる。
話したところでわからない。──そう思って、目をそらしてきたのが間違いだった。
明緋は、くるりと無惨な軀に背を向ける。
「明緋様！　どちらへ？」
「この国に来た、目的を果たすわ」

明緋は、妹と話をつけに、戻りたくもないこの国に戻った。

話は通じない。会話もできない。だが——諦めてはならなかった。

他の誰が諫《いさ》めずとも、明緋だけは抗議すべきだった。彼女の暴力に、誰より多く晒《さら》されてきた自分だけは。

いや——刺し違えてでも、止めるべきだった。本当は、もっと早くに。

(許さない。許さない——決して！)

明緋は、ひらりと馬に跨《また》がり、馬腹を蹴った。

制止の声は、もう聞こえない。

向かう先は、大社《たいしゃ》だ。他にない。生贄を捧《ささ》げる儀式のあとだ。その場に立ち会ったのなら、紫夕は必ずそこにいる。

——こんな国、滅べばいい。

怨嗟の声を口の中だけで唱え、震えながら馬車で運ばれた道を、明緋はたどった。

よく覚えている。楡《にれ》の並木。道ぞいの小川。広がる田畑。

しかし、もう嫌悪と恐怖は、明緋の心を怯《ひる》ませはしなかった。

第四幕　六勾妹の呪い

陽は傾きつつある。辺りはもうぼんやりと暗かった。

低い石壁の向こうに、美宮《うつくしのみや》に似た白木の建物が見える。

参拝も終わる時間だ。大社の豪奢《ごうしゃ》な門は、閉ざされようとしていた。

その門の前に、明緋《あけひ》は無言で立った。

鹿角《しかづの》の冠と翠《みどり》の領巾《ひれ》。そして、妹とよく似た顔。一目で明緋が何者かはわかるだろう。

門番は黙って門を開く。

門をくぐってすぐ、右手に見える禊池《みそぎいけ》には、まだ水が湛《たた》えられていた。

（せめて、昨日のうちに報《しら》せが入っていたら……もっと私がしっかり確認すべきだった。一人でも二人でも、犠牲は少なくできたかもしれない……）

後悔が、どこまでも襲ってくる。

参拝者が祈りを捧げる祠《ほこら》を越え、馬に乗ったまま進んでいく。

髪の短い斎人《いつきびと》たちが、明緋に気づいてサッと道を譲る。

いくつかの建物の横を抜けた。このうちのいずれかが、紫夕《しゆう》の寄進によって建てられたのだろう。目の端に映ってさえ美しい建物だが、今は障害物でしかない。

──天矛社《あまほこのやしろ》が見えた。

天から降り立ったトヨヒノミコトとソハヤヒメが、この場所に矛を突き立てると、豊かな田が台地に広がったという。

彼らを祀《まつ》る祭壇のある天矛社は、立ち入る者の制限された祈りの場だ。

生贄を捧げる儀式のあとには、祭壇に報告する必要がある。紫夕はここにいるだろう。

サラサラと気忙《きぜわ》しい衣《きぬ》ずれの音が、後ろから近づいてきた。

「あ、明緋様。そちらは、現在立ち入りが禁じられておりまして──」

ちらりと見れば、知った顔だ。紫夕の横で、明緋をくさいと笑っていた女官だった。

嫌な女だが、どうでもいい。主《あるじ》への阿諛追従《あゆついしょう》を一々咎《とが》めても無意味だ。

「どいて。呪われたいの？」

顎を軽く動かしただけで、女官は「ひぃ」と悲鳴を上げて逃げていった。

天矛社の扉の前に、斎人が二人。近づいてくる明緋に怯《おび》え、オロオロとしている。

「明緋様、なにとぞご遠慮ください。斎長《いつきおさ》と、さ、然《さ》る……貴人が……おいでてございますので──お通しするわけには参りません」

「王女《ひめみこ》の祈りを阻むの？　名乗りなさい。次の春までに、貴方《あなた》の一族は半分に減るわよ」

通せぬ、と言った斎人は、もう顔色を失っている。

名乗ることなく道を譲り、明緋が顎で示せば、二人とも走って逃げていった。

明緋は、天矛社を見上げる。祭壇の他は、小さな部屋があるだけの小さな建物だ。

ここに斎長と紫夕は、二人でいるらしい。

生贄を捧げる儀式のあとである。顔ぶれは自然だ。ただ斎長の胸三寸で勝者の決まる試練で、斎長と最有力候補者が二人きりというのも、印象は悪い。

（キリが僻《ひが》むと言ったのも当然だわ。真面目に試練に臨むのがバカらしくなりそう）

怒りに嫌悪を交ぜつつ、明緋は扉をそろりと開けた。

この場所は、記憶に鮮やかだ。細い廊下の突き当りに、大きな祭壇がある。白木の美しいその祭壇の前に、七年前、ノテ川に入る直前に立った。今は灯《あか》りも微《かす》かで、その輪郭は曖昧だった。

左手には、生贄が外に出るための小さな扉があるはずだ。不浄の扉、と名がある。生贄の任を得たのちは、その扉から出されたのを覚えている。

廊下の両脇にある部屋から、灯りが漏れ、話し声が聞こえた。

紫夕だ。男の声は、斎長のようだ。――まだ、こちらには気づいていないらしい。

（もっと早く、声を上げればよかった。……もっと、早く。こんなに血が流れる前に、手を打つべきだった）

一歩、二歩。明緋は、後悔を抱えながら進んでいく。

彼女の暴力を、一度たりとも許したつもりはない。だが、耐えれば許したのと同じだ。

拳を振り上げてでも、止めるべきだった。

（ただの姉妹喧嘩《げんか》のうちに、終わらせたかった）

細い廊下を、進んでいく。

ひそひそと、囁《ささや》く声。そして、くすくすと笑う、女の声。

十人も人を殺しておいて、なにを笑うというのだろう。

明緋は、ぐっと拳を握りしめた。

手足は冷えたままなのに、額のあたりがひどく熱い。

大股に近づき、簾《すだれ》をむんずとつかんで引き下ろす。かしゃりと儚《はかな》い音を立て、簾は床に落ちた。そのままの勢いで、几帳《きちょう》を蹴倒す。

「……ッ！」

紫夕の、背が見えた。

素肌である。

それが禊《みそぎ》のあとだから自然なことだ、とはさすがの明緋も思わなかった。斎長もまた素肌を晒しており、辺りには領巾や衣《ころも》が散り、酒器が転がっていたからだ。

そんなことよりも明緋の目を射たのは、そのほの白い背だった。

（痣《あざ》が……）

なめらかな肌に浮かぶ、緩やかな線のある痣。蛇の形をした——痣が。

パッと紫夕が振り返る。目があった。

——よく、似ている。

同じ父親。母親同士が姉妹。同じ年の生まれ。

人が言うように、自分たちはよく似ていた。だが、よもや衣の下までが似ていようとは、夢にも思ったことはなかった。

（紫夕が、六勾妹《むまがりのいも》——？）

衝撃があまりに大きく、事実を呑《の》み込むのが難しい。

「なんの用だ？　獣《けだもの》め」

慌てて肌を隠し、あたふたと衣を着る斎長に比べて、紫夕は実に落ち着いていた。するりと衣を羽織り、不適に笑む。

「六勾妹……だったのね。驚いたわ」

頭の中が、ごちゃごちゃとしてまとまらない。

ゆっくり考えたい。これまでの出来事を、整理したかった。

なにもかも、すべての理解が根本から覆されるようだ。足元さえ、不確かになる。

「見てのとおりだ」

だが、今は物心ついた時からの、記憶のすべてをたどる時間はない。

――七年前とよく似た空。

今年も、あの時と同じく王族の死が続いている。

旱《ひでり》からの、長雨。生贄《いけにえ》が捧げられる日は、近いように思われた。

（もし、次の生贄が選ばれるとすれば――）

生贄は、六勾娘の中で最も高位の者。次に選ばれるのは、紫夕の他にいない。

「あの生贄は……貴女《あなた》の身代わりだったの？」

紫夕の生贄へのこだわりは、明緋への攻撃だとばかり思っていた。

だが――違う。

己が死なずに済むよう、紫夕は身代わりを欲していたのだ。

山人《やまびと》に、蛇の形の焼き鏝《ごて》を当てさせたのも、六勾妹の代わりをさせるためだった。

「それがどうした。お前が、あの五十人を殺すなと邪魔だてをするゆえ、別に調達したまで。戦は必ず起きる。生贄は必要だった」
怒りと衝撃で、頭が回らない。
「生贄を捧げても、戦には勝てないわ」
声が、震えた。
生贄を捧げても、雨は降らない。雨はやまない。それと同じだ。
「私が死なずに済む。それだけでも国の益ではないか」
ドクドクと、心臓の音がうるさい。
そんな場合ではないというのに、幼い頃の記憶が、途切れ途切れに蘇《よみがえ》る。
生贄に選ばれた、その日。大社へ参拝に行くよう、父に言われた。
——お前が選ばれた。この国で、最も尊い六勾妹ゆえ。
あの日、父がそう言った。
あれも——嘘《うそ》だ。七年前の時点で、紫夕は明緋よりも高位であった。
「待って。七年前……生贄に選ばれるのは、私ではなく……貴女だったはずよ」
息が詰まる。もう目をそらしたい。知りたくない。
(父も、叔母《おば》も——紫夕を庇《かば》っていたんだわ。片棒を担いだのは……この男)
明緋は、キッと斎長を見た。

ひぃ、と斎長は、腰紐《こしひも》を締めながら悲鳴を上げる。

「お、お許しを！　私は、ただ前王《さきのおおきみ》の命令に従っただけで……」

蛇のような目をした男は、七年前、明緋が川に沈むのを見届けなかった。

あれは罪の重さに耐え切れず、目をそらしていたのだろうか。

ふん、と紫夕が明緋の動揺を鼻で笑った。

「喜んで死ぬべきだろう。お前と私。どちらが有益な王女だ？　獣と変わらぬ山人と私。どちらが戦の役に立つ？　問うまでもない」

「……女王《めのきみ》になれば、生贄の任を免れるはずよ。山人を生贄にせずとも……」

ふん、と紫夕が鼻で笑った。

「女王になればな。阻んだのは、お前だ」

ざわり、と背の産毛《うぶげ》が逆立った。

十の黒い軀《むくろ》が、頭の中ではっきりとした像を結ぶ。

「私が……？」

「私は女王になるべくして生まれた。誰もがそう望んでいる。それをお前が阻んだのだ。浅ましくも、山人を盗んで功を挙げんとした。このまま、私が女王になれずに終われば国は傾く。いや、滅びる。愚かなお前に、国など救えまい。それゆえやむを得ず、別の生贄を調達せざるを得なくなった。わかるか？――お前が招いた禍《わざわい》だ」

ゆったりと腰紐を結びながら、紫夕は、くい、と片眉だけを上げる。

その人を見下した冷たい目を、明緋はよく知っていた。

――お前のせいだ。

明緋を虐げながら、お前が悪いからだ、と紫夕は言った。何度も、何度も。

だが――違う。

「国を守る、守ると言いながら、戦法は生贄頼み。まったく情けないわね」

明緋が鼻で笑えば、紫夕の腰紐を結ぶ手が止まった。

キッとこちらをにらみつける目には、強い怒りが宿っている。

「違う。私が生贄になって死ねば、国を率い、救い得る人材を失うのだぞ。あの凡庸な貴《たか》久良《くら》では戦に――迦実国《かみこく》には勝てぬ」

早晩、戦になる。

それゆえ生贄が要る。

有能な自分が生贄になっては国が困るので、別の生贄を用意した。

それが紫夕の理屈らしい。明緋は「バカバカしい」と一蹴する。

「迦実国と戦になるなら、貴女が勝手に縁談を蹴ったせいじゃない。生贄は関係ないわ」

「第五皇子《おうじ》は、私を四番目の妻にすると言ったのだぞ？　バカにするにも程がある！」

明緋は、耳を疑った。

（那己彦《なみひこ》が？　紫夕に……四番目の妻になれと言ったの？）

あの那己彦の提案とは、とても思えない。

そもそも彼が他に三人もの妻を娶《めと》っていたとは驚きだ。まるで別人の話を聞いているような気分になる。

紫夕の話は嘘が多い。いったん明緋はこの情報の咀嚼《そしゃく》を諦めた。

「川で死ぬのは無駄だけど、他国に嫁ぐのは無駄ではないわ。戦を避けられるもの」

「四番目の妻だぞ？　誇り高い豊日国《とよひこく》の王女に示す条件ではない。……ただの生贄ではないか！　私は、豊日国の女王になるべき者だ！」

己の正しさを信じる者は、強い。

強く、そして残酷だ。

次第に、動揺の波は引いてきた。明緋は、狼狽《うろた》える斎長《いつきおさ》に目をやる。

斎長は着乱れた格好のまま「なにも知らない。私のせいじゃない」と呟《つぶや》きながら、震える手で衣を整えていた。

「……斎長が、推名《すいな》の競射《きょうしゃ》で私を止めなかった理由がやっとわかったわ。私の参加を貴方《あなた》が拒めば、紫夕も資格を失う。……女王位に就けば生贄の任を免れるというのも、貴方が紫夕のために作った則《のり》？　なにが神事よ。生贄を入れ替え、則まで曲げるなんて。――まったくバカバカしい！」

国の禍を背負うだの、最も高貴な生贄だのと、仰々しく飾られた言葉は、すべて空虚なものだった。

斎長は「私ではありません！」と叫んでいたが、声は耳からすり抜ける。

明緋の神兵が堤を築いたのも、キリの神兵が国境《くにざかい》の哨戒《しょうかい》をしているのも。五十人の山人が暮らしを奪われたのも、十人の山人が殺されたのも。なにもかもが無意味だった。すべて紫夕が生き延び、この男が地位を保つためだけに行われた茶番だ。

「明緋。今すぐ、この国を去れ」

「頼まれなくても、すぐに出ていくわよ」

「今すぐ、その足でだ。私の邪魔をするな。逆らうならば、この場でお前の身を汚してやる。――できるな？」

紫夕が、斎長に向かって問うた。

震えていたはずの斎長の目の、宿すものの種類が変わる、明緋に向かい――上から下まで、嘗《な》め回すように見た。

突然のことに、明緋の肌は粟立《あわだ》つ。

（……知ってる。この目……あの時と同じだわ）

ノテ川に入る前、明緋に衣を脱げ、と言った時の、あの目。

雨の中、薄絹一枚にされた明緋を見ていた、あのおぞましい目だ。

「お、おとなしくなさってください。明緋様。すぐ、すぐ済みますから」

じり、と斎長が距離をつめてくる。鼻息は荒く、その右手には小刀が握られていた。

恐怖は、一瞬だった。あとは、ただただ嫌悪だけが残る。

紫夕を見れば、勝ち誇ったような顔をしていた。自分は堂々と逢引《あいびき》しておいて、目撃された途端、同じ穴の貉《むじな》にしようとの企《たくら》みらしい。

（あぁ、なんてバカバカしいの！）

さらに近づいてきた斎長に、明緋は猪《いのしし》を倒した蹴りを入れ、続けて腹に一撃、鹿を倒した拳を沈めた。

がはっと音がして、斎長はうずくまる。

「たしかにすぐに済んだわ」

斎長の手から転げた小刀を、くっきりした喉ぼとけに押し当てた。さすがに気味の悪い欲は引っ込んだらしい。斎長はガタガタと震えて泣き出した。

「……い、生贄を取り替えろと言ったのは、私ではありません。本当です。前王からの提案でした……私ではありません！　則を変えたのも、私ではない！」

震える声で繰り返される弁解を、明緋は聞き流した。斎長は、まだ「私は悪くない！紫夕様が誘ったのです！」と言いながら、這《は》ったまま部屋を出ていった。

「貴女《あなた》は？　このまま、尻尾を巻いてノテ川まで逃げる？」

「勝ったつもりか？　迦実国の軍は間近に迫っている。山にいたお前に政ができるか？私は、国を守り得る。獣《けだもの》の女王など、誰も求めはしない！」

明緋は、望んでコタリの森を出たわけではなかった。

命を奪おうとするからだ。人の積み重ねてきたものを踏みつけるからだ。

（あの時、紫夕は私の禍だった）

今とてそうだ。五十人の山人狩りも、十人の生贄も、大いなる禍である。

しかし――

（紫夕にとっても、私は禍だったんだわ）

斎長も手駒にし、女王位は目前だった。それを崩したのは明緋だ。目論《もくろ》みどおり。これほど愉快なことはない。

ははは、と声が出た。

明緋は、つかつかと灯《あか》りに近づき、燭台《しょくだい》を倒した。物も言わずに、ただ黙って。

あ――と紫夕が声を漏らす。

ぱっと壁の薄絹に火が広がった。

「バカな真似《まね》を！」

「呪うわ。鎌日人《かまひと》の娘、紫夕を呪う」

「お前ごときに、なにができる。そこをどけ！」

明緋は戸の前に立っている。横を通らねば、外へは出られない。

紫夕は、火と明緋とを見比べ、躊躇《ためら》っている。

「生贄《いけにえ》にされた山人《やまびと》たちは、焼かれたのよ、もっと怖かったわ。もっと熱かった」

火が、広がっていく。紫夕は迷いを捨て、戸に向かって駆けだした。

明緋は、近づいた紫夕の衣の襟を、ぐいとつかむ。

「は、離せ……！」

「今後、貴女を襲う災厄は、すべて私が起こすものよ。覚悟なさい」

少し力を緩めれば、紫夕は走り逃げていった。ひらひらと腰紐が目の端で遠ざかる。

悔やめばいい。

明緋を脅威と思うならば、くさい、くさいと嘲るのではなく、頭を下げて頼めばよかったのだ。――女王の座を譲ってくれ、と。

嘲りは呪いだ。罵倒も呪いだ。

紫夕は、今、明緋にかけ続けた呪いの報いを受けた。

火までかけたのだから、人の耳目は集まるだろう。密室から飛び出してきた男女の姿を、一人でも多くの人の目に触れさせたい。

あとは紫夕の自滅を待つばかり。

（……疲れた）

ふぅ、と明緋はため息をついた。

紫夕の紅《あか》い領巾《ひれ》を焼いたあと、火は天井に広がっていく。

天矛社に人の気配はなかったが、念のため、燭《しょく》を片手に祭壇のある堂まで確認しにいく。

いくら頭に血は上っていても、人を巻き添えにはしたくない。

祭壇の前に立つ。トヨヒノミコトとソハヤヒメを祀《まつ》る祭壇が、ひどく忌々しい。

焼いてやろう――と思ったところで、人の声が聞こえた。

「誰か、いるの？　危ないわ、外に出て」

「明緋！」

堂に飛び込んできたのは、神兵の姿をした那己彦だった。

「那己彦！　なにしてるの、こんなところで！　危ないわ」

「危ないのは貴女の方だろう！　逃げるぞ！」

ぐっと腕をつかまれた。

だが、足は動かない。

「私は、もういい。……疲れたわ」

「なにを言ってる。女王《めのきみ》になるのだろう？」

「どうでもいい。……こんな国、滅びればいいのよ」

戦になる、と紫夕は何度も言っていた。ご丁寧に、生贄まで捧《ささ》げている。きっと迦実国と戦になるのだろう。きっと。だが、どうでもいい。

「本心でないのなら、口にせぬ方がいい。ここは、貴女の国だ」

「私を捨てたのは、この国よ！」

国も、父も、明緋を見捨てた。そんな国のために、指一本動かしたくはない。

また那己彦は手を引く。

だが、明緋の足は進むのを拒んでいた。

「話は、ここを出てからだ。行こう」

「戦になるならなればいい。誰がどれだけ死のうと、知ったことじゃないわ」

父の行いを知った今、かすかな国を思う心も消えてしまった。

関わりたくない。このまま、すべて捨ててしまえれば、どんなに楽だろう。

「貴女はわかっていない！　戦で国が蹂躙《じゅうりん》される恐ろしさが、なにもわかっていない！　人が死ぬ。まず兵士だ。十人、二十人の数ではないぞ。百人、二百人と死ぬ！　侵入を許せば、男は殺され、女は犯され、美宮は焼かれる！　焼かれるまでの間に、どれだけ人が死んでいるか、貴女にわかるか？」

問いに、明緋は答えられない
「わ、わからないわ、そんなの」

「遠征してきた兵士は飢えている。民の口に、食料は入らない！　そこでまた死ぬ！　家と田畑を奪われたところで、冬が来る。また死ぬ！　大皇《だいおう》の試練で行われるのは、統治のためではなく、奪うための戦だ。政は機能を止める。盗賊が跋扈《ばっこ》し、また死ぬ！」

身の毛がよだつ想像だ。

だが、それは明緋の責ではない。

（なんでもかんでも、人のせいにばかりして！）

お前のせいだ――お前が悪い――お前が招いた禍《わざわい》だ――

呪いが、いつも明緋を縛っている。

「それは──でも、そんなの、私のせいじゃないわ！　この国の人たちの問題よ！」

「積まれた千の軀《むくろ》の前で、同じことが言えるのか!?　王の子の貴女が！」

明緋は、目をぎゅっとつぶった。

ありありと浮かぶ、軀の積まれた道。燃える家。泣く子供。

あぁ、と嘆息して、天を仰ぐ。涙が溢《あふ》れた。

「……私は……」

「呪いは、事実の認識を歪《ゆが》める。そうだろう？　生涯、自分の呪いが国を滅ぼした、と己を責めて生きるつもりか？　そんな生き方を、貴女は望んでいないはずだ！」

生贄になれと川に入れられてもなお、明緋の足は、逃れられない鎖で繋《つな》がれている。

こんな国は、滅びればいい。──いや、違う。いいわけがない。絶対に。

明緋は、母の娘だ。民に愛された善き女王の子だ。

「貴方《あなた》の言うとおりだわ。……口にすべき言葉じゃなかった」

「よし、とにかくここを出るぞ！」

那己彦が、腕を引く。

最初は、弱く。引かれるままに。

那己彦の足の動きが速くなる。明緋の足も、それに続いた。

天矛社の扉は、外に向かって細く開いていた。薄暗がりの中、松明《たいまつ》がいくつか見える。

「殺せ！　あの女は迦実国の侵略者と内通している！　国を売ったのだ！」

叫ぶ声は、紫夕のものだ。

二人の足は、ぴたりと止まった。

――迦実国の侵略者。

そうとはっきり言葉にされては、逃げ道がない。

この扉から出れば、明緋は内通者で、那己彦は侵略者になってしまう。

「紫夕が言っていたわ。本当に戦に……なってしまうの？」

明緋は、那己彦の顔を見ないまま、問うた。

「まだ、わからん。だが、最後まで諦めはしない。いいか。内通を疑われても、知らぬ存ぜぬで通せ。俺のことも決して庇《かば》うな」

「貴方は、どうするの？」

ぎゅっと、手を握られる。

この手の温《ぬく》もりを、失いたくない、と強く思った。

「ここを出て、迦実国の兵と合流するつもりだ。明緋――時だ」

人に化けた神のようなことを、那己彦は言った。

別れの時だ、と。

「えぇ。そうね」

燃える火が、互いの目に映っている。

「貴女は、もう正しい選択ができるだろう。迦実国を出た時、俺はただの人殺しだった。兄たちを、試練のどさくさで殺そうとして……女の化粧を覚えたのも、そのためだ。だが、今は違う。呪いの沼から、貴女が俺を引き上げてくれた。――戦を避けねば。俺は善き人として生きたい。貴女のように」

――捕らえろ！　殺せ！　と、紫夕の声が遠く聞こえている。

「私も、戦を避ける道を探すわ。決して諦めない。……那己彦。もう、逃げて。あちらの扉から、外に出られる。私は、正面から出て、斎人《いつきびと》の目を引きつけるわ」

「わかった。――明緋」

行って、と空いた手で示したが、那己彦は手を離さない。

「那己彦。逃げて」

「貴女に、謝りたかった。誰も殺さない、殺させないと約束したのに、山人を守れなかった。……すまない。だが、もうこれ以上、犠牲は出させないつもりだ」

手が離れ　那己彦は背を向ける。

思わず、腕を伸ばしていた。

背から抱きしめた途端、那己彦が背伸びをした——せいで、明緋は顎をぶつけた。

「痛ッ」

顎を両手で押さえれば、身体《からだ》が離れる。

「す、すまん！」

那己彦が慌てて振り向いたので、明緋は肩をつかんでぐるりと戻す。

「もう慣れたわ。——手を、握って」

明緋は、背を向けた那己彦の左手を取り、やんわりと握らせた。その飛び出した中指の関節を、少し強めに噛《か》む。

「……なんだ？　まじないか？」

「ええ、まじないよ。扉を出たら、この指の痛む方向に進むの。急いで！　痛みの残っているうちに！」

那己彦は小さく「わかった」と答え、明緋の噛んだ場所を、自分でも噛んだ。

一瞬、振り返ろうかと躊躇ったのがわかる。だが、迷いを振り切り、那己彦は不浄の扉へ向かって走り出した。

（どうか、無事で——）

明緋は祈ったのち、キッと扉を見すえて直進した。
力の限り扉を蹴れば、扉は音を立てて割れる。
視界が開けた。
松明は十ばかり。斎長《いつきおさ》の姿はないが、斎人が十数人集まっている。
その真ん中で、衣を整えた紫夕が、明緋を待ち構えていた。
「裏切り者め！　お前は、迦実国の密偵と内通して国を乗っ取ろうと――」
すべてを言い切らせず、明緋は紫夕に体当たりを食らわせる。
人が、息を呑《の》む音が聞こえた気がした。
紫夕の身体はあっさり吹き飛び、明緋はその肩を押さえつけて馬乗りになった。
いっそ、肌を暴いて痣《あざ》を晒《さら》してやりたい。恥をかけばいい。悔やめばいい。――だが、
それではなにも解決しないのだ。
（紫夕では、国を守れない――）
国を守らねばならない。戦を避けることを最優先にすべきだ。
那己彦を逃がし、紫夕を退け、戦に備える必要がある。
「美宮に報《しら》せを！　仮王《かりのおう》を呼んで！」
足掻《あが》く紫夕の手が、明緋の髪をつかむ。ブチブチと髪が切れる音が立った。

「獣《けだもの》め！――誰か、この獣を殺せ！」

紫夕は首を動かし、助けに入りもしない斎人たちに「殺せ！」と叫んだ。

だが、斎人たちはオロオロするばかりで、誰も動かない。

紫夕が、ふいに頭を起こし、明緋の腕に食いつこうとした。がちり、と空振りをした歯が、派手な音を立てる。とっさに額を押さえつけ、頭を石畳に押しつけた。

「暴れないで……！」

「殺してやる！」

紫夕は、まだ手足を死にものぐるいで動かし、抗《あらが》っている。

石畳は濡《ぬ》れており、やや強くなってきた雨のせいで、紫夕が暴れる度に水が飛び散った。

だが、手を緩めるわけにはいかない。緩めた途端に逃げられる。

紫夕の罪は、明緋の拳ではなく、この国の則《のり》によって裁かれるべきだ。逃せない。

「明緋様！」

ハッとして、明緋は顔を上げた。走り寄ってきた羽人《はねひと》の姿が見えた。

「羽人――！」

羽人が明緋を助け起こし、その後ろにいた女官が紫夕に駆け寄る。

紫夕の興奮は収まらず、明緋につかみかかろうとしたのを、サッと羽人が背に庇った。

細い紫夕の指が、宙をかく。

女官が二人がかりで、紫夕を取り押さえた。

明緋が「那己彦は？」と囁《ささや》き声で問えば、羽人は「大社《たいしゃ》を脱出しました」と囁き声で返す。まじないが効いたらしい。

「間もなく、仮王がおいでになります。あとはお任せいたしましょう」

「……貴久良が、もう来るの？」

なぜ？　と問うより先に、馬蹄《ばてい》の音が響いた。美宮からこの大社まで、馬で一刻近くかかるはずだ。騒ぎが起きてから動き出したにしては、到着が早すぎる。

「密告があったそうです。なんでも、密偵が潜入していたとか――」

羽人が言い終える前に、馬蹄の音が聞こえ、あっという間に大きくなった。

「斎人全員を捕らえろ！　一人も逃すな！」

馬に乗った貴久良が、兵士に指示を出している。あちこちで悲鳴が上がった。

貴久良は、こちらに近づき、ひらりと馬から降りる。

「貴久良！　斎長が逃げたわ！　捜して！」

「問題ない。もう捕らえた。まだ生きてはいるが――楽には死なせない」

いつもの軽い調子で、貴久良は言った。

ぞくり、と背が寒くなる。

貴久良は、紫夕に冷ややかな目を向けて「連れていけ」と命じた。

紫夕は女官たちに支えられ、馬車へと導かれていく。

「貴久良、あの……」

「ちょっと待っていてくれ、明緋。――急げ！　密偵はまだその辺りにいるはずだ！　小柄な男だ。名は那己彦！　生かしたまま捕らえよ！」

「待って。那己彦は――」

「明緋。貴女《あなた》は騙《だま》されていたのだ。あの神兵に紛れていた那己彦というのは、迦実国の卑しい密偵だった」

違う。彼は迦実国の第八皇子だ。

「……信じられないわ。そんな……」

「神兵から密告を受けた。堤を作るのを口実に、我が国の内情を探っていたらしい。いや、だが問題ない。あの五角の堤は、まぎれもなく貴女の功だ」

さ、馬車へ、と貴久良は明緋の手を取って歩き出す。

なにがなにやらわからず、頭が混乱している。

だが、必死に話を整理してみれば、この混乱は意図的なもののようにも思える。

（神兵からの密告……ということは、那己彦自身の指示なのかもしれない）

那己彦は、迦実国から来た兵士を守る必要があった。その計画の一環だとすれば、明緋は彼を庇うべきではない。

「貴久良。……生贄《いけにえ》にされた人たちを、埋葬させて」

「もちろんだ。塚を築き、丁重に葬ろう。彼らの犠牲のお陰で、紫夕を捕らえることができた。報いねばならん」

「……どういうこと？」

明緋は、眉を寄せた。

生贄の儀式と、紫夕の密通には、直接関係がないはずだ。

「生贄の件を報告に来た女官が、迦実国の密偵が大社にいる、と耳打ちしてくれてな。こちらに向かう途中で、この逢引《あいびき》が明るみに出たわけだ。やったな。これで紫夕は星媛《ほしひめ》から脱落した。次の斎長は、こちらの息のかかった者にする。――貴女が女王《めのきみ》だ」

貴久良は「貴女は、やはり私のソハヤヒメだ」と笑顔で言い、明緋を馬車に乗せた。

馬車は、すぐに動き出す。

もう、事は明緋の手を離れてしまった。あとは流れに任せるだけである。

美宮に戻ると、明緋はまた格子つきの部屋に案内された。

女官が言うには「形だけ、との仮王のおおせでございます」とのことだった。騒ぎを起こしたのは間違いない。明緋もおとなしく従った。

筒衣《とうい》ばかりか、衣の袖もすっかり濡れ、汚れてしまっている。領巾《ひれ》もところどころ裂けていた。馬乗りになった時、暴れた紫夕に叩《たた》かれ、蹴られたあちこちがじんじんと痛む。

明緋は痛みをこらえ、祈った。ただ、ひたすらに那己彦の無事を。

――迦実国が攻めてきた。

――北の国境を越えたそうだ。

美宮が騒がしくなったのは、天矛社の炎上騒ぎの翌朝であった。

サユキが、情報を集めて報告してくれた。

「昨日、迦実国の第五皇子《おうじ》率いる軍勢が、コウシ領を通過し、ノテ川の北岸に陣を張ったそうでございます」

緊張し、かつ安堵《あんど》したのは、ひとまず那己彦が無事だとわかったからだ。

那己彦は大社を脱し、兵と合流できたらしい。

「兵の数は？」

「五百ほどとのことです」

「五百……大軍ね」

試練で与えられた兵は、兄に奪われた、と那己彦は言っていたはずだ。てっきり二十、三十といった数だと思い込んでいたのだが。

それが五百もの兵だと聞いては、驚く他ない。

紫夕に四人目の妻になれと言った話といい、兵の数といい、信じられないことばかりが続く。密偵だという話も、いっそう那己彦の存在を曖昧にさせた。

（それにしても……まだ第五皇子と名乗っているのね。……ややこしいのに）

明緋は、痛む頭を押さえ、ため息をつく。

「美宮への第一報は、キリ様がもたらしました。これをもって功となさるとか」

紫夕の密通は多くの人に目撃され、揉《も》み消すのは不可能だ。斎長の身柄も、貴久良に押さえられた。言い逃れは難しいだろう。紫夕の脱落は必至である。

試練は実質、明緋とキリの一騎打ちになった。

だが、密偵の主導で築いた堤と、他国の軍の侵入の第一報。どちらが上で、どちらが下か。即断が難しい。自《おの》ずと明らかな功とは呼べないだろう。

（試練に負けても、山人《やまびと》や神兵たちを守れるかしら。いえ、なんとしても守らねば。……でも、まずは戦を避けないことには、話がはじまらないわ）

ノテ川の北に陣を張ったからには、迦実国側には交渉をする意思があるのだろう。

那己彦は、戦を望んではいない。まだ、戦を避ける道は残っているはずだ。

「それと──羽人様の話では、迦実国の第四皇子の軍が、千穂国《ちほこく》付近に迫っているとか」

「第四？　第五皇子とは別に、第四皇子まで？」

千穂国は、豊日国の南隣の小国である。

迦実国の皇子たちは、西部で手頃な国を得られず、東部になだれ込んできたらしい。

（試練は夏の終わりまでだもの。……彼らも急いでいるのね）

明緋がうつむけば、鹿角《しかづの》の冠が少し傾く。

「北と南から、迦実国の皇子が迫っております。恐ろしい。まるで禍《わざわい》が──」

ハッと息を呑《の》み、サユキが口を押さえたので、明緋は苦く笑った。

それ見たことか、と明緋は思う。

この国において六勾妹《むまがりのいも》は、禍を背負う呪われた存在だ。都合がよければ歓迎するが、都合が悪くなれば責任を押しつけてくる。

いっそ「大変だわ。六勾妹を生贄にせねば！」と嫌みの一つも言いたいところだが、気のいいサユキを困らせるのも気の毒だ。ぐっと呑み込む。

「そうね。前王《さきのおおきみ》が亡くなり、堅久良《かたくら》まで亡くなった。政の混乱が招いた衝突よ。豊日国にとって、禍であるのは間違いないわ」

「まことに、おおせのとおりでございます」

サユキは、動揺を収めて頭を下げた。

自分が招いた禍だ、と明緋はもう思わない。

他国の都合で起きる戦など、誰に責任を取れるものでもないだろう。

「交渉が成ればいいけど……我が国は、第八皇子との縁談を蹴っているから、悪印象は否めないだろうし──」

「迦実国の皇子は、七人だ」

横の部屋から、紫夕の声がした。

昨夜から隣の格子部屋にいるのは知っていたが、彼女が声を発したのははじめてだ。

「……八人いるわよ」

那己彦はたしかに存在していた。彼は第八皇子だ。兄たちの話や、実母の話など、作り話とは思えない。なにより、彼は王《おおきみ》の子としての自覚を持っていた。

貴久良や紫夕が那己彦の存在を認めないのは、彼が自身の存在を曖昧にするよう仕向けた結果なのだろう。

庇《かば》うな──という那己彦の言は頭の隅にありながら、黙ってはいられなかった。

「七人だ。こちらは、迦実国の侵攻に備えて一年前から調べてきている。密偵に騙されていた女がほざくな」

「一年前から調べたにしては、ずいぶんお粗末な結果ね。縁談を揉み消さなければ、もう少し明るい未来も見えたんじゃないの?」

格子の前で、サユキがオロオロとしている。

「縁談を受けたところで、戦を回避できたわけではない」

「少なくとも、今よりはましな状況だったわ」

「四番目の妻だぞ? 私が迦実国で無為に着飾って夫を待つ間に、侵略者どもはこの国を乗っ取るだろう。指をくわえて見ていろというのか。この国は、私の国だ。父上に託された。——だいたい、縁談を蹴ったつもりはない。正式な打診は改めてする、と聞いていた。

……国境を越えてからとは思わなかったが」

強国が小国の王女《ひめみこ》との縁談を持ちかけるのは侵略の嚆矢《こうし》だ。人質同然の王女に子を産ませ、後継ぎとすることで、旧体制の不満をそらす。それが強国の常套《じょうとう》手段であることくらいは、明緋も知っていた。

縁談を受ければ豊日国が守られた——わけではない。たしかにその点だけは、紫夕の言うとおりである。

「では、交渉はこれからね。貴久良の手腕に期待するしかないわ」

遠くから、大きな足音と、人の声が聞こえてくる。

だが、お構いなしに二人は言いあいを続けた。

「国を守る王女と、生贄になる王女が必要だ。――お前が、生贄になれば済む」

「今更なにを言ってるの。人を殺そうとしておいて」

「殺すものか。死なれては、迦実国へ送れない」

話がかみあわない。紫夕の理屈は、いつも聞いていると頭痛がしてくる。なにもかも、まったく理解できないからだ。

だが――今だけは違う。

(あの家を焼いたのは、紫夕ではないの……？)

明緋は、必死に記憶をたどる。

たしかに、紫夕の仕業と断じた根拠は、あの刺客が言った言葉だけ。

過去に紫夕から受けた仕打ちから、彼女の仕業と推測したに過ぎない。

「私の家を焼いた刺客が、王女の指示だと言っていたわ」

「――私が出した命令は、二名の捕縛だ」

刺客たちは、明緋を縛る縄を持っていなかった。

いよいよ、わからなくなってくる。

「では、誰が私の命を狙ったの？　家まで焼かれたわ」

「知るか。よほど、お前と密偵が邪魔だったのだろう」

「……どうして、刺客は私の居場所を知っていたの？　那己彦は、美宮にいる内通者から聞いたと言っていた。少なくとも、内通者は知っていたのよね？　貴女《あなた》、教えた？」

「教える利がない。……だが、たしかに第八皇子を名乗る密偵には聞かれた。堅久良の推名の競射が行われる直前だ。他に王女はいないのか？　と。答えてはいないが」

複雑だった事柄が、少しずつ整理されてきた。

「それ――そ、その第八皇子はなんと言ったの？」

「第五皇子との縁談を進めると、次の春までにこの国の民が半分になる、と言っていた。相手にはしておらん。存在しない第八皇子の話など無価値だ」

それだ。その男こそが、那己彦に違いない。

だが――やはりおかしい。まるで皇子が二人存在しているかのようだ。

「……第五皇子と、第八皇子。それだと、皇子が二人いることにならない？　いえ、二人いなければ辻褄《つじつま》があわないわ」

「最初からそう言っている。それと、八の方は偽物だ」

那己彦は、第五皇子と詐称した、存在が否定されている第八皇子。

第五皇子は、最初から別に存在していた。

（もう！　おかしな見栄《みえ》のせいで、話がややこしくなったじゃない！）

別の人間だとわかれば、不可解なことはなくなった。

ノテ川の向こうにいるのは、第五皇子の軍。——戦を避ける意思のない、侵略を目的とした軍だ。

「おかしいと思ったわ！　那己彦が、紫夕に第四の妻になれ、なんて言うわけないもの。彼は最初から、第五皇子の侵攻を止めるべく、豊日国内の協力者を求めていたのね」

ひどく複雑にからまった糸の、一部が解けた。

第八皇子と名乗っては、話も聞いてもらえない、と那己彦は紫夕との対面で学習していたのだろう。

それゆえに、明緋の前で身分を騙《かた》った。彼の必死さが、今になればわかる。

「偽物だ。迦実国の皇子は、いずれも天を衝《つ》くほどの大男。その上、勇猛果敢で知れた第五皇子は、皇子たちの中でも最も大きいそうだ」

勇猛果敢。それは即《すなわ》ち、苛烈な戦と、残酷な支配をする男、ということだろう。

ノテ川の向こうにいる第五皇子が攻め込めば、次の春までに民は半数まで減る。決して大げさな表現ではない。

——遠くに聞こえていた足音が、どかどかと大きくなり、悲鳴も聞こえてきた。

仮王《かりのおう》、仮王、お待ちください——なにとぞ——

(貴久良……?)

角を曲がって、貴久良の姿が見えた。

彼の筒衣《とうい》と袴《はかま》に、赤が映えている。腰紐《こしひも》の色ではない——血だ。

なにかを手に持ち、大股に歩いてくる。

明緋も「ひッ」と悲鳴を上げていた。あれは、生首だ。

生首に気づいたサユキは、格子を開け「お助けを!」と這《は》って逃げ込んできた。

(なに? どういうこと?……嘘《うそ》でしょう?)

貴久良は、明緋の部屋の前を通りすぎ、紫夕の部屋の前に立った。姿は見えなかったが、ごろりと音がしたので、持っていた生首を置いたのだろう。

サユキが、明緋に抱きついてきた。

「この男が、すべて吐いたぞ。紫夕」

この男、と貴久良が言っているのは首の主——あの斎長《いつきおさ》だろうか。

星媛の試練の最中の密通だ。厳罰は当然だろう。

しかし、貴久良がなぜここまでの怒りを示すのか、明緋にはわからない。

「すべて――とは？」

紫夕の問いに、貴久良は、

「お前が、兄上を殺した」

と答えた。

明緋は、驚きのあまり呼吸を忘れる。

(そんな――まさか)

どうして――？　と問う声は、衝撃のあまり出なかった。

「託世《たくせい》の言を、私は聞いている。すべては、父上のご意思だ」

「前王が、兄を殺せと言ったとでも？　バカも休み休み言え！」

貴久良の怒声に、身体《からだ》が竦《すく》む。

二人の姿は見えないが、息づかいまで聞こえる距離だ。

しがみついてくるサユキの衣の袖を、明緋は思わず握りしめていた。

「迦実国の第五皇子《おうじ》との縁談が持ち込まれたのは、前王の崩御の三日前。枕頭《ちんとう》には、堅久良と私がいた。前王はおおせになった。――二人で豊日国を治めよ。迦実国には北部のコタリの森にいる明緋を連れ戻し、送れ、と。堅久良は、その託世の言を裏切ったのだ」

紫夕の説明は、淡々としていた。

もう、心はズタズタだ。昨夕の時点で、これ以上彼女の言葉に傷つくことはないと思っていたのに。今の言葉は身を裂かれるほどの痛みをもたらした。

(父上は、二度も私を生贄《いけにえ》にしようとしていた……)

要る王女と、要らぬ王女。要らぬ王女として、明緋は父に選ばれたのだ。

なぜだろう。どうして父は、明緋が要らなかったのか。わからない。

母が死んでいたからか。それとも、明緋が美宮を抜け出していたからだろうか。

だが——そのどれもが、明緋の責ではないように思えた。父が子を見捨てる理由にはならない。那己彦ならば、きっとそう言うだろう。

「兄が明緋を選んだのが、それほど気に入らなかったのか！」

「山暮らしの獣《けだもの》に、政などできぬ」

「だから……兄を殺したのか？」

「殯《もがり》を終えた日に行われるべき推名の競射を、堅久良は行わなかった。それだけでも罪は重いものを。——あの日、堅久良は私に迦実国へ嫁げと言い出した。推名の競射も、明緋が戻るまで延ばし続けると。あの獣のためだけにだ！」

「兄は明緋を愛していた！　待って当然だろう！」

もう嫌だ。明緋は耳をふさいで、身体を丸めた。

心が、バラバラに砕けてしまいそうだ。

「女王《めのきみ》に必要なのは、国を治める能力だ。浮ついた情になんの意味がある。堅久良は情に溺れて神事を遅らせたばかりか、生贄の任を免ずると則《のり》まで変えさせた。愚かしい！」

則の変更は、てっきり斎長と紫夕の間の話だと思っていた。愚かしい。バカバカしい。

たしかにそう明緋は思った。まさか、それが堅久良が明緋のために――その愛ゆえに行ったことだったとは。

胸が痛い。呼吸が苦しい。

「兄の送った使いも、消したのか」

「必要だった」

「なんという女だ！　堅久良は、お前と、お前の母親が明緋にしていた仕打ちを知っていた。厭《いと》うのは当然だろう。お前の母など、さしたる功もなく、ただ容色だけで――」

「母と私を一緒にするな！」

紫夕の怒声が、響く。

一瞬だけ、辺りは静かになった。

「……お前のような女に、民が愛せるとは思えない」

「女王を選ぶのは神々だ。貴様ではない」

「選ぶのは、お前が手なずけた情人だろう。残念だったな。もうなんの役にも立たんぞ」

果てなく続く憎悪の応酬が、恐ろしい。

耳をふさごうと、腹の奥まで言葉は容赦なく届いた。

「母が、この男に私を売ったのは七年前だ。私は、十一歳だった」

手なずける、という言葉も、情人、という言葉も、その痛々しさには相応《ふさわ》しくない。

貴久良は一度黙り、それ以上その件に踏み込まなかった。だが、追及が終わったわけではない。なおも貴久良は続けた。

「明緋を殺そうとしたな？　それも前王《さきのおおきみ》の意思だと言うつもりか」

「第八皇子を名乗る密偵が、秘《ひそ》かに接触してきた。……堅久良が死ぬ直前だ」

「お前が殺したのだろう。なにを白々しいことを」

「……そやつは、自分との縁談を呑《の》まねば春までに豊日国の民は半分になると脅してきた。話にならん。すぐに追い返したが……その後、北部に向かったと報告があった。目的は知れている。明緋を担いで、国を乗っ取るつもりだったのだろう。愚かな姉は、密偵にそそのかされ、豊日国を我が物にすべく舞い戻ったのだ」

「違う。明緋はお前に家を焼かれ、野心なきことを示すために戻ったのだ。……どこまでも嘘ばかりだな！」

「私は、愚かな姉と卑しい密偵を捕縛するよう私兵に命じた。私には明緋が——迦実国に差し出す王女《ひめみこ》の身柄が必要だった。殺しては元も子もない」

激昂《げきこう》していた貴久良も、ふむ、とうなったあとは静かになった。

それまで黙っていた明緋も、そっと「貴久良」とか細い声で呼びかける。

「コタリの森に来た刺客は、縄を持っていなかったわ。私を殺す気でいたのよ。……そのあと、街道ぞいの村で私と第八皇子を捜す、豊日国の兵も見かけたわ。前者と後者を、紫夕が放った刺客と援軍だと思っていたけれど……違うのかもしれない」

明緋の申告に、貴久良は納得したようだった。

「——堅久良を殺した罪からは逃れられんぞ」

「父の願いを叶《かな》えるために、必要な行いだった」

紫夕の声は、ひどく静かになっていた。

「兄は……堅久良は、賢明で勇気ある男だった。よい王《おおきみ》になっただろう」

「情に目がくらみ、神事を冒瀆《ぼうとく》した者が賢明であるものか」

紫夕はまた「愚かな男だ」と小さく言った。

「お前のような女が……なぜ生きている。堅久良の決定に従い、黙って迦実国に行くべきだったのだ。いや、違う。お前が七年前にノテ川に入ればよかった。……兄が死んで、お前がどうして生きているのだ。なぜ……！　お前が国を危うくしたのだぞ！」

ダン！　と大きな音がした。貴久良が格子を叩《たた》いたらしく、こちらの格子までが揺れた。

「私が迦実国に嫁いだところで、お前は迦実国の皇子にその地位を奪われていただろう。役に立たぬ明緋を迦実国に送り、私が指揮を執って国を守る。それが最良の道だ。今からでも遅くない。西部から来た兵は飢えている。彼らが手ぶらで帰ると思うなよ。千の軀《むくろ》と比べれば、そんな女の命など軽いだろう」

貴久良は、黙った。

怒鳴り声より、よほど恐ろしい沈黙だ。

迦実国との戦を避ける道が、今の貴久良には見えていない。見えていれば、ここで黙りはしなかったろう。

すでに国境は越えられている。交渉の余地はあるものの、大幅な譲歩は避けられない。紫夕ではないが、差し出すものが王女一人ならば、損害は軽いと言っていい。

(貴久良は、迷っているんだわ)

どちらか――二人の王女の、いずれを差し出すべきか。

堅久良殺しの嫌疑がかかる、星媛の試練を脱落した紫夕か。

星媛の試練に勝ったとしても、いずれ去るとわかっている明緋か。

パタパタと音がして、女官が少し離れたところで平伏《ひれふ》した。そこに生首がある。距離を取りたくもなるだろう。

「仮王。お取り込み中のところ申し訳ございません。キリ様が指弾《しだん》の論《ろん》を行われます。その……明緋様に対してとのことで」

「なに？　こんな時にか！　指弾どころではなかろう！　後回しだ」

「それが……国を揺るがす問題だとのことでございます。コウシ領から参りました使者も来ておりまして……大臣はじめ、皆様が拝舎《はいしゃ》にて仮王のお越しを、待っております」

貴久良は、短く承諾らしきことを言ってから、生首を持って去っていった。

バタバタと女官たちが、血のあとを掃除しだす。それらが終わると、サユキもヨロヨロと出ていった。

人の気配が、遠くなる。

ただ、まだ血のにおいだけは残っていた。

明緋は、呆然《ぼうぜん》と中庭を眺めている。

頬を、一筋涙がつたった。

愛のために則を曲げ、厭う相手を生贄にしようとした堅久良。

新たな妻への愛ゆえに、前妻の子の明緋を二度も生贄にしようとした父。

二人のなにが違っただろうか。

（……思い出した。七年前の求婚を、私は断っていたわ。はっきりと）

曖昧だった記憶が、蘇《よみがえ》ってくる。

――大きな鹿を仕留めてくれ。生贄にするのだ。弓は得意だろう？

そう言った堅久良に、明緋は答えた。

――鹿であれ人であれ、軀の上になど立ちたくないわ。

生贄を選び、簡単に屠《ほふ》るという者の傲慢さを、明緋は憎んだ。思慕を上回るだけ強く。

もう七年も前から、明緋は堅久良への特別な思いを失っていたのだ。

それでも、親しかった彼の死は悲しい。その死を招いた行動も、ただ悲しい。

だが、もし堅久良からの使いが生きて到着していても、明緋は招きには応じなかったろう。その事実もまた、ひどく胸を締めつけた。

「次に狙われるのは、お前の首だ。せいぜい気をつけろ」

紫夕の声がした。

明緋はいつしか濡《ぬ》れていた頰を袖で押さえ、ため息をつく。

「負けを認めるわ。密偵が作った堤より、侵略の第一報をもたらす方が有益だもの」

「だからお前は愚かだというのだ。豊日国に侵入する道は、少なくとも六つある。その内一つの道に、たまたま星媛の神兵が哨戒《しょうかい》していたなどと都合のいい話があるものか」

悲しみに動きが鈍っていた頭も、なんとか動きを取り戻す。

（あのキリが、そんな恐ろしいことを考えるなんて……信じられないわ）

陰謀とは無縁そうな、キリの顔が思い出される。人柄も慕われていたはずだ。

だが、父親のノジクの野心は不安視されていた。話としては、さもありなん、と言ったところか。

「……ノジクが、迦実国の軍を引き入れた……ということ？」

「多少は頭を使え。キリは、指弾でお前を追い落とすぞ」

内通者の目的は、一つ。保身である。

これから滅びゆく国に見切りをつけ、新たな王にいち早く仕えて利益を得たいはずだ。

頭を使え、と言われても、理屈があわない。

「内通するなら、女王の座なんて要らないじゃない」

「北部までお前を殺しに来た者は、私の命《めい》だと言ったのだろう？　兎《うさぎ》の肉を得るのは、二頭の狼《おおかみ》を争わせた狐《きつね》だ。姉妹を相争わせて得をする者がいる」

紫夕とは物心ついた時から対立関係だが、あのコタリの森への襲撃が、今の憎悪の直接の原因になったのはたしかだ。

しかし――あれが、姉妹の離間だけを目的としたものとは思えない。

たしかに、刺客たちには殺意があった。

「刺客は、私を殺す気でいたわ。……ノジクに、私の帰国を予想できたはずがない」

「殺害に失敗したところで、私の命と聞けば、お前が泣き寝入りすると思ったのだろう」

明緋は、ずっと紫夕を憎んでいた。

とても、強く。

(昔の私は……泣き寝入りするほど弱く見えていたのかしら)

それほど弱い存在だと認識されていたのは、意外なことだ。

踏みつけられた者が、踏みつけた者を憎むのは、当然だろうに。

「刺客の話じゃ、国を滅ぼす魔物だの、呪いで父上を殺しただのってさんざんだったわ」

「お前に父上を殺す力などあるものか！　私を呪う力とてない」

たしかに、紫夕は明緋を取るに足らぬ者として扱ってきた。

愚か、くさい、汚い。役立たず。獣《けだもの》。

恐ろしい魔物、などと、人を介してさえ言わぬ気がする。

(私を殺そうとしたのは、紫夕とは別……というわけね)

自分を殺そうとする者が、それほどいてたまるかという思いはある。だが、ここはそう結論を出すしかなさそうだ。

「他と言えば……あぁ、そうだ。星媛の試練がはじまったばかりの頃、私の部屋の前に犬の首を置いたのは――」

「犬？　なんの話だ」

「私、犬と暮らしていたの。大きな白い犬よ」

「犬など知らぬ。父上に賜った馬でもなし、どうでもいい」

あれは、推名の競射の翌日に起きた。

部屋の前に広がった血と、犬の首。あの凄惨な光景は、目に焼きついている。

（……紫夕の仕業と思い込んでいた。あの時は……キリが……）

ひそかに、井戸の前で布を洗っていたキリ。

彼女が手を下したならば、返り血くらいはついただろう。あえて自ら血をつけ、紫夕の仕業と思わせたかったのかもしれないが。

（紫夕はマシロの毛色を知らない。では、あれも刺客と同じで別の何者かなのね）

別の何者かと、紫夕とは、明確に目的が異なっている。

姉妹の対立を煽《あお》るのが目的ならば――現状は、見事なまでに相手の思う壺《つぼ》だ。

「まんまと罠《わな》にはまったわけね……」

「生贄《いけにえ》としては役に立たんが、傀儡《かいらい》としては優秀だな。邪魔な前王《さきのおおきみ》の娘の一人は消した。もう一人は、これからだ。様を見ろ」

紫夕が、愉快そうに笑う。その嘲りも、今は空《むな》しい。

「笑っている場合ではないですよ。国の危機ではありませんか」

明緋は、重くため息をついた。

内通者が女王《めのきみ》の座に最も近い場所にいる。憂慮すべき事態だ。

「滅びるならば、滅びればいい！　この国がどうなろうと知ったことか！」

紫夕の絶望が、明緋には痛いほどわかる。

本心でないのなら、口にせぬ方がいい。——那己彦が言ったような言葉を、明緋は口にできなかった。そんな会話のできる関係ではなかったからだ。

修復しがたい溝が、姉妹の間にはある。

「……紫夕。迦実国に関する知っている限りの情報を、今、私に伝えてちょうだい」

だが、明緋は王女だ。それ以外の者にはなり得ない。

「お前などに言ってなんになる」

パタパタと、足音が聞こえてくる。

——指弾の論でございます。

女官の触れが、聞こえてくる。明緋を呼ぶ声だ。

「時間がないわ。紫夕！　早く！」

「知ったことではない！　焦土で後悔するがいい！」

「積まれた千の軀の前で、同じことが言えるの!?　国を守るんでしょう？」

とっさに、那己彦が言っていた言葉が口をついていた。

「——……」

紫夕も王《おおきみ》の子。勢いのよい声は、返ってこなかった。

その足枷《あしかせ》は、山に逃げた明緋のそれより、美宮で生きてきた彼女のそれの方が重い。

「私は、貴女《あなた》を許さない。堅久良を殺したことも、山人《やまびと》たちへの仕打ちも、一生許さないわ。——けれど、貴女が国を思う気持ちだけは信じてる。さぁ、すべて話して！　私には、自分を生贄にした国など守る義理はないの。私を捨てた父や、最悪な妹のいる国は大嫌いよ。そこを耐えて国を救うと言っているんだから、乗らない手はないでしょう。このまま国を焼かれて終わりなんて、私はご免だわ！　貴女は耐えられるの？」

問うまでもないだろう。耐えられるはずなどなかった。

二人は、王の子で、女王の子であったのだから。

それから、四半刻《はんとき》後。——明緋は、斎庭《いつきのにわ》に立っている。

辺りを見れば、今日はさすがに拝舎の諸臣も半数程度しか列席していない。

露台の上に、キリがいる。

以前は持たなかった桃色の領巾《ひれ》をまとい、実に堂々と立っていた。

「指弾の論でございます。——キリ様、どうぞ」

東の拝舎の上座にいる斎長《いつきおさ》は、老人に替わっていた。貴久良の息のかかった新任なのだろう。声に張りはなく、死んだ前任の威圧感とはかけ離れている。

ちらりと貴久良を見れば、さすがに着替えたらしく、筒衣《とうい》は美しく白い。国の存亡がかかった場での茶番に、ひどくいら立っているように見えた。

「私がお報《しら》せしたいのは——明緋様の、迦実国の皇子《おうじ》との内通についてでございます」

拝舎が、ざわつきはじめた。

(那己彦との縁を持ちだす気？……さすが、嫌なところを衝《つ》いてくるわ)

今のキリには、木冠に飾った花の似合う柔らかな印象はもうない。花はそのままだが、態度はまったく別人だ。

人を見下す、嫌な目でこちらを見ている。

どちらが彼女の本性なのか、知る術《すべ》はない。さほど興味も湧かなかった。

「明緋様が築いた堤は、迦実国の第八皇子、那己彦が指揮したもの。国を売って得た功を認めてはなりません。――近くで見ていた者がいます」

拝舎の中から、一人の女官が進み出た。――ホノカだ。

呆気《あっけ》にとられる明緋を見ず、静々と進み出て、

「私は、明緋様にお仕えする女官でございます。明緋様は、神兵の那己彦、という男と、特別親しい様子でございました。身を清らかに保つべき星媛に相応《ふさわ》しからぬ行いです」

と諸臣の前で発言し、すぐに女官の列に戻っていった。

内通ばかりか、不貞の疑いまで被《かぶ》せたいらしい。

(ずいぶん必死ね)

頭を使え――と紫夕の罵る声が聞こえてきた。

キリとホノカが、共謀していた。――彼女たちの行動には、姉妹の対立を煽る意図があったということだ。

(紫夕の参拝の話を、最初に私に教えたのはホノカだったわ。紫夕の不貞を、私が暴くように仕向けたの？……では、禊池《みそぎいけ》に水が張られたのを見逃したのも……わざと？)

どくん、と心臓が跳ね上がった。

ホノカの報告の遅れが、こちらの備えを崩し、犠牲を生んだ。

あれがキリの企《たくら》みの一環だとすれば、事のとらえ方は変わってくる。

ここで明緋は、はっきりとか弱い娘たちを敵と認識した。

明緋は目を細め、にこりと頬に笑みを浮かべる。

「キリ様。一つお伺いしたいの。美宮の方々は、迦実国に第八皇子はいないと言うわ。皇子は七人のみ。大皇《だいおう》の試練に参加したのは七人だ——と。すると彼は、誰だったの？　私は、なんの罪を犯したことになるのかしら」

明緋は、ゆっくりと斎庭を歩きながら、キリの方を見ずに問うた。

「迦実国において、皇子は成人せねば数に加えません。那己彦は成人を間近に控えた第八皇子です！」

キリから、明確な答えが返ってくる。

密偵だ、偽者だ、と疑われた那己彦だが、ここでやっとその正体が明らかになった。

（……あぁ、そういうこと。どうりで、女官になど化けられたわけだわ）

あの線の細さは、幼さが持つ特権であったらしい。

ずいぶんと多くの会話を交わしたような気がするが、明緋は那己彦のことをあまり知らない。きっと、那己彦も明緋のことをあまり知らないはずだ。

だが、お互いが美しいと思うものは知っていた。――豊かな田畑。平和な国。

それらを守るために、明緋は戦わねばならない。きっと那己彦も戦っているはずだ。

「なるほど。彼を密偵と断じた、美宮側の認識が間違っていたのね」

「明緋様の、第八皇子との内通は明白。国を売って、なにを得ようとしたのですか？」

「それにしても、よく迦実国のことをご存じなのね。驚いたわ。――ご一同、迦実国の成人前の皇子の名など、ご存じでしたか？　仮王《かりのおう》は？」

知らぬ、と貴久良は、首を横に振って示した。

迦実国のことは徹底的に調べた、と豪語する紫夕さえ、知らなかった事実である。

「……お、皇子の件は父から聞きました。第八皇子との、取引を明かしてください。堤の見返りに、国を差し出すつもりだったのでしょう！」

キリの冠から、花弁が一片落ちる。

堤を作ってくれたら国を売る、などという取引が、成立するはずがない。バカバカしい、と心底思った。笑い飛ばしたいところだが、それでは急所を逃す。

もっと核心に迫らねば。矢を射るのは、急所を狙えると判断してからだ。

「――私は、東西南北の伝承を集めるのが趣味なの。この国のお酒より好きなくらい」

キリに背を向けたまま、明緋はゆっくりと歩く。

「な、なんの話ですか。質問に答えてください！」

明緋はキリの言葉を無視した。さすが、貴久良の息がかかっているだけあって、斎長も明緋を止めはしない。

「迦実国の祖は、カミオヅチという戦の神よ。カミオヅチは自身を危機から救った女神のために、悪《あ》しき大蛇《おろち》の首を裂き、求婚したの」

「く、詳しいですね。ずいぶんと。さすがは内通者」

「迦実国の皇子には詳しくないけど、伝承ならよく知っているわ。西部の求婚は、男が益を示すのよ。彼も私に、堤という益を示した。——求婚したの。カミオヅチが大蛇の首を裂いたのと同じに、荒ぶる川を裂いたのよ」

明緋は、拝舎の面々を見回して「これは罪ですか？」と問うた。

即答できる者など、いはしない。

「み、見返りを求められたはずです！」

「私は豊日国の王女《ひめみこ》よ。たとえ国を差し出されようと、己の心に叶《かな》わぬ者は選ばないわ。——せっかくお集まりいただいたんだし、この場で星媛の試練の最中に求婚されることが罪か、否かを決めていただこうかしら。——仮王。いかがです？」

明緋は、聴宮《きこえみや》に座す貴久良の前で足を止めた。

そう難しい質問ではない。貴久良は「問うまでもない」と大きな声で言った。

「罪とは言えん。当たり前だ。求婚されただけで星媛の資格を失うのでは、試練が成立しない。妨害のし放題だ。異論のある者は、この場で言ってくれ」

もちろん、誰も異論は唱えられない。求婚自体は、一方的な行為である。

ここで斎長が、

「仮王のおおせのとおりでございます。他者との婚姻を許さず、とは、求婚を制限するものではございません。よって、罪にあらずと判断いたします」

と言い、頭を下げた。拝舎の諸臣が、それに倣う。

「では、第八皇子が堤づくりを指揮したことに、大きな問題はないだろう。キリ、今は控えてくれ。――コウシ領から来た伝令からの話を、先に聞くべきだ」

貴久良は、手ぶりでキリに下がるよう示し、明緋に露台に上がるよう示した。

明緋は、貴久良に手招かれるまま、彼の横の円座に腰を下ろす。その横に座るキリは、顔を真っ赤にしてこちらを睨《にら》みつけてきた。

態度から察して、キリの矢はここで尽きたらしい。なんともお粗末な攻撃だ。

だが、こちらもとどめは刺し損なっている。このままでは痛み分けで終わるだろう。

二人の兵士が、斎庭に並んで片膝をつく。一人が、

「ご報告いたします。迦実国の第五皇子からの伝言でございます。星媛の試練の勝利者を、第四の妻に迎えたいとのこと。また、兵五百への兵糧の提供を要求されております」

と報告し、その横の兵士が、

「迦実国の第八皇子が、前王《さきのおおきみ》の王女・明緋様との縁談を望んでおられます」

と続いた。

拝舎がざわめく。第五皇子と、第八皇子から、同時に縁談の打診があったのだ。

第五皇子は、星媛の試練の勝者を。

第八皇子は、明緋を。

それぞれ、似通っているようで違い、違うようでごく近い。場合によっては重複する。

複雑だ。貴久良はじめ、大臣たちも首を捻《ひね》っていた。

(……おかしい)

明緋は諸臣たちの騒ぎを遠くに聞きながら、別のことを考えていた。

(第五皇子の要求が、詳しすぎるわ)

那己彦は、星媛の試練自体を知らなかった。紫夕が試練に参加する、と言ったのを、結婚した、と勘違いしたくらいだ。豊日国を救ってみせる、と意気込んでいた彼さえ知らない神事を、王女を第四の妻にしてやる、と言った第五皇子が知っているとは思えない。

（第五皇子の横には、豊日国をよく知る者が……内通者がいる）

明緋は、キリを横目で見た。

ギラギラとした目は、血走っている。

野心のある者の目だ。石にかじりついてでも、勝つ気でいるらしい。

（キリが求めているのは、女王《めのきみ》の座ではなく、その先にある第五皇子の妻の座……？）

迦実国の兵を素通りさせたノジクと、星媛の試練に勝ちたがるキリ。二人の意図はちぐはぐに見えたが、どうやら足並みはそろっていたらしい。

急所は見えた。あとは、どう射るかだ。

明緋が、兵士二人を観察しはじめたのは、彼らに尋ねるためだった。――第五皇子の要求の草案は、どなたが考えたのですか？　と。

その目が、ハッと吸い寄せられる。

「貴方《あなた》。――そこの、左の。貴方！」

左、と言われて、二人はそれぞれ指をさしあったが、露台に向かって左側にいた兵士が「はい」と答えた。

「私、貴方を知っているわ。コタリの森で倒れていたのを介抱した。――昨年の秋よ。白い犬を連れた咒師《まじないし》を、覚えている？」

「え……それは、忘れようなどございませんが……貴女様《あなた》は……」

兵士は、戸惑っている。狼《おおかみ》の皮と木面を被った咒師と、露台の上にいる貴人。同一人物とは思わないだろう。

「私よ！　あの時の咒師。赤獅子《あかじし》の話を教えてくれたわね？」

明緋は、はっきりと覚えている。森で迷い倒れ、回復するまでの間、赤獅子の話を楽しげに話してくれた兵士だ。

「え？　あの？　なんでこんなところに――その節はお世話になりました。狼はやめて鹿にしたんですか？　お似合いですよ。すごくいい」

後ろに控えていたサユキが「無礼ですよ！　王女様に！」とたしなめる。

王女、と聞いた途端に兵士はパッと平伏《ひれふ》した。

（勝てる）

今、矢を放てば急所に当たる。狩りの瞬間の高揚を、明緋は思い出した。

明緋は「仮王」と呼びかけ、貴久良の方に身体《からだ》を向けた。

「申し上げます。コタリの森で、私は刺客に殺されかけました。国を放逐された者の居場所を知る者はごく少ない。それゆえ妹の仕業と思い込んでおりましたが――今、謎が解けました。コウシ領の兵士が、毎年、家を尋ねてきていたのです。兵士はその北部にいる者の正体を知りません、ただ、所在と生存を確かめ、帰っていく。報告は大社《たいしゃ》に行き、美宮の王《おおきみ》と女王に届きます。昨年来たのは、この兵士でした」

すぐ隣に貴久良はいるが、拝舎にいる者にも聞こえる音量で、明緋は言った。

「なるほど。コウシ領にいた者ならば、貴女の居場所を推測し得たわけか」

貴久良も、同じように、遠くまで聞こえる声ではっきりと言った。

「第八皇子《おうじ》は、美宮にいる内通者から、私のことを知ったと言っていました。彼が秘《ひそ》かに紫夕と接触した際、その内通者が私の存在を告げたのでしょう。紫夕の間近にいて、紫夕の動きからもう一人の王女の存在に気づける位置にいる者……あぁ、そういえば、キリ様は紫夕の侍女であられたとか」

ちらりと見れば、キリの顔は真っ赤になっている。

「……い、言いがかりです！　なにを根拠に――」

「私を襲い殺そうとし、失敗した場合は紫夕に罪を着せ姉妹の対立を煽《あお》ろうとした。そればかりか、戦を避けようとしていた第八皇子に私の居場所を教え、諸共《もろとも》殺そうとしたわね？……仮王を大社に導いたのも、邪魔な那己彦を始末し、私に内通の疑いをかけるため。そこまでして、侵略者の妻の座が欲しかったの!?」

「違う！　違います――私は……」

「敵兵に国境を通過させておきながら、神兵の哨戒《しょうかい》の功と吹聴しようとは、なんたる茶番か。恥を知りなさい！」

キリは涙目になって弁解をしようとした。

――が、貴久良が、パン、と手を叩《たた》いてそれを止めた。

「話しあって答えが出るとも思えん。徹底的に調べさせてもらおう。ともあれ、今は国の危機。迦実国の軍はすでにノテ川に迫っているのだ。このまま軍議に移るぞ。――キリを格子部屋に移してくれ。外部との接触は、一切禁じる」

「仮王、それは……」

キリの顔色は、今や失われている。「内通していたのは明緋様です！　私ではありません！」と叫んだが、貴久良は相手にしなかった。

告発者が退場した以上、指弾の論は成立しない。

「では――」

明緋は一礼して、下がろうとした。軍議の場に、用はないと思ったからだ。

だが、その明緋の手を、膝立ちになった貴久良がつかんだ。

「貴女は残ってくれ。軍議に参加してもらう」

一瞬だけ拝舎はざわめいたが、すぐに収まった。

この言葉は、実質上、仮王《かりのおう》が明緋を女王とみなしたことになる。

諸臣はすぐに――ごくあっさりとこの状況を受け入れた。

今は異論をはさむ余裕はない。明緋は、諦めて円座に座り直す。

貴久良も円座に落ち着き「騒がせたな」と仕切り直しを宣言した。

「縁談についてだが――第五皇子と第八皇子、それぞれに、いかなる返答をすべきか」

大臣が、拝舎から手を挙げて恐る恐る問う。

「仮王。明緋様を、迦実国に差し出すのでございましょうか？」

その問いに対し、一斉に諸臣は反応を示した。首を横に振る者。手を横に振る者。彼らの動きは、明緋を手放したくない、と言っている。

人を生贄《いけにえ》にしておいて、今更なんだ――という悪態は、呑《の》み込んだ。

ざわざわと諸臣らが、各々に話しはじめる。

「明緋様が女王に選ばれれば、第五皇子に引き渡すことになってしまいます」

「いっそ、このままキリ様を第五皇子のもとへ送っては――」

「バカを言うな！　ノジクの一族が喜ぶだけだ。我々は皆殺しにされるぞ」

「では、いっそ紫夕様を、星媛の試練に勝ったこととして――」

「どちらにせよ、第八皇子は明緋様を指名している。逃れようがない」

「第八皇子に力はない。無視しても構わぬのでは――」

それぞれが、それぞれに、必死である。

必死で、勝手だ。彼らは懸命に生贄の物色し、差し出す相手の値踏みをしていた。

「我らには、女王が必要だ」

貴久良の言葉に、賛同の声が上がる。

約束が違う――と明緋は口に出せなかった。

この国に来た直後と今では、状況がまったく違っている。

「仮王。よろしいでしょうか。第八皇子が、こちらの品を明緋様にと」

兵士が、木箱を示した。貴久良が許可を出し、兵士が露台に上がってくる。

木箱の蓋が開き、現れたのは鮮やかに青い絹の領巾《ひれ》だ。波の紋だとややしばらく眺めて気づいた。その上には宝剣が置いてある。雪の中で見た、あの宝玉が青く輝く。

雪山での求婚から、ずいぶんといろいろなことがあった。遠い旅をしたものだ。

明緋はもう、那己彦を選ぶことを、生贄になるようだ、とは思わない。この世にいるすべての人の中で、彼だけは特別だから。

「他には？　第八皇子は、他になにか言っていなかった？」

「それが――『力が及ばなかった』とおおせでした」

ハッと息を呑む。
これは、那己彦の望んだ形ではないのだ。ここまで寄り添ってなお。
それは、明緋も同じだ。今は決して、望ましい結末に向かってはいない。
那己彦とて、豊日国を兄たちの侵略から守るという目標を、叶《かな》えられていなかった。
(なにも、手に入っていないわ)
ここで明緋が、星媛の試練に勝ったとする。
約束どおり、貴久良は明緋を自由にするだろうか？
侵略が目前に迫る状況で得たとして、喜べるだろうか？
母が愛した国が燃えるのを、遠くからただ眺められるのか？
かといって留《とど》まれば、第五皇子の四番目の妻になれ、と強いられる未来も見える。
挙句、国は乗っ取られるだろう。
(どうすればいい？　どうすれば……)
——正しい選択ができるはずだ。
できる。明緋には、できる。
那己彦が求めているのは、軀《むくろ》ではない。
——貴女の心だ。

笑い出したいような、泣き出したいような、不思議な気持ちになった。

那己彦の挫折は、明緋の挫折でもある。

(まだ――一日あるわ。諦めたくない)

挫折だけで終わらせはしない。自分たちは勝利も共にできるはずだ。

国を守り、民を守り、己の心に従う。

明緋が望んだものをすべて手に入れた時、那己彦もまた、己の信念を貫ける。

自分たちは、共に望む未来を目指せるはずだ。

出会うべくして出会った、導きの星なのだから。

(彼は豊日国を守るカミオヅチになる。その時、私は――)

その瞬間、乱雑だった事柄が、一瞬、ぴたりと揃《そろ》った。

一分の隙もなく、完璧に。

それは、やはり狩りの高揚に似ていた。

明緋は青い領巾を羽織って立ち上がり、兵士に告げた。

「那己彦に伝えてください。――タマモヒメが、カミオヅチに伝えたいことがある、と」

「タマ?……タマ、なんですか。もう一度お願いします」

「タマモヒメ。タマモヒメが、カミオヅチに。絶対に間違わないでほしいの。明日の朝、タマモヒメが、カミオヅチに川をはさんで言伝《ことづて》をしたい、と伝えて」

兵士が何度か復唱する間に、貴久良が「明緋」と間に入った。

「待ってくれ。まさか、第八皇子のもとへ行く気か？」

「女王《めのきみ》の選までには戻るわ」

いけません、と諸臣がこぞって反対したが、それらは大路で聞こえる声のように、耳をすり抜けていった。

背負うべきものと、そうではないものと。今の明緋には、迷いなく判断できる。

──なるほど、これが恋ね。

明緋は、ふいに理解した。那己彦は、明緋に出会って変わった、と言った。

たしかに、今の明緋には、これまで見えなかったものが見えるようになった。

もう、見えなかった頃には戻れない。それが、どれほど人の目に奇異に映ろうとも。

神々の手に導にかれるように、明緋は斎庭《いつきのにわ》に向かって歩き出していた。

「──待ってくれ！」

貴久良が、後ろから追ってくる。

だが、足は止めなかった。

さらさらと衣《きぬ》ずれの音をたて、白い石畳の上を進んでいく。

「星媛の行いを妨げては、禍《わざわい》を招くわ」

「頼む、明緋。ここにいてくれ」

貴久良の懇願を、だが、明緋は意に介さなかった。

この場の――いや、誰一人として、明緋に心があることを知らない。

知っているのは、ノテ川の向こうにいる求婚者だけだ。

「女王の娘として、為《な》すべきことがあるの」

「明緋。――この国には強い女王が要る。貴女《あなた》が必要なのだ。どうか女王になり、私を選んでくれ。国難を共に乗り越えよう。第五皇子の妻には、キリがいい。喜んで嫁ぐだろう。第八皇子には、交渉をして紫夕に代わってもらうとしよう」

なおも追いすがる貴久良の手が、領巾をつかんだ。

するりと肩から外れかけたものを、明緋は舞うように奪い返した。

目の端で、青い波がひらめく。

明緋は海を知らないが、きっとこの領巾のように美しいに違いない。

「生贄はご免よ」

軀を寄越《よこ》せという者に、やれる身体《からだ》はない。

明緋は、すべての制止を振り切り、まっすぐにノテ川を目指したのだった。

静かな朝であった。

夜の間続いた雨は上がり、空気は澄んでいた。

ノテ川の向こうに、細い煙が幾つか立っている。朝餉《あさげ》の時間なのだろう。

築きかけの橋が三つある。その作業が示す侵攻の意図に、明緋は悪寒を覚える。

簡単な木柵の向こうできらめいているのは、鉄の槍《やり》の穂先だ。兵の数は報告どおり、五百程度に見えた。

(この数で攻め込まれれば、豊日国はひとたまりもないわ)

彼らがこちらを見る目は、紫夕が山人《やまびと》を見る目と同じ。

この国の家をいくら焼き、人をいくら殺そうとも、なんら痛痒《つうよう》を感じないのだろう。

――迦実国の兵士は、もう明緋に気づいている。

明緋は、ただ一騎だ。鹿角《しかづの》の冠を被《かぶ》り、青い領巾をまとって川辺にいる。

すぅ、と大きく息を吸い込み、川の向こうに向かって名乗った。

「豊日国の前王《さきのおおきみ》の娘が、迦実国の第八皇子《おうじ》に伝える！」

川の向こうに、声は届いただろうか。

肌のひりつく緊張の中、明緋は待った。

（来た）

兵士の間から、一騎出てきた。──那己彦だ。

手には旗を持っている。

（ちゃんと通じてる……！）

明緋は、小さな安堵《あんど》を覚えた。

タマモヒメとカミオヅチの名前を、コウシ領の兵士は間違わずに言えたらしい。多少間違っても、きっと那己彦ならば察しただろう。

那己彦が、高く旗を掲げた。二人は、川をはさんで対峙《たいじ》している。

（見ていて、那己彦。約束を果たすわ）

薄絹一つでこの川に入った時と、今は違う。あの時はなにもかも、すべてを奪われた。

今は、すべてを手に入れるためにここにいる。

もう、明緋は大蛇《おろち》の妻ではない。生贄ではなかった。

明緋は、左腕の袖をびりりと裂く。

腕の痣《あざ》が露《あら》わになる。明緋の人生を支配し続けた、蛇の形の痣が。

陣が、ざわついている。

鹿角の冠に、蛇の痣。娘が一人で報《しら》せにくる。西部の人ならば、きっと連想するはずだ。

カミオヅチに兄神たちの企《たくら》みを知らせたタマモヒメを。

明緋は、矢筒に一本だけ入れた矢を手に取り、弓を構えた。

生涯一度きり、誓約の一射だ。

(我が願いが叶うならば、この矢よ、当たれ！)

ひょう、と放つ。

運命を託した矢は、川を越え――ぽつり――と那己彦の持つ旗に刺さった。

その手ごたえに、明緋は「あぁ」と嘆息を漏らしていた。

やり遂げた――と思った。生まれてから今日までの理不尽に、やっと一矢報い得たのだ。

いや、違う。まだ終わってはいない。

ゆるみかけた背の緊張を、スッと取り戻す。場合によっては、全力で逃げる必要がある。

(どうか気づいて！　私の導きの星！)

明緋は、腰にさした宝剣に手を置き、祈った。

――那己彦が、旗の矢に結ばれたものに気づいたようだ。

くるりと馬首を返し、陣に向かって、なにか叫びながら駆けていく。

(――今だ)

明緋の背の方から、鳥が一斉に飛び立った。

同時に、わあぁッと叫ぶ人の声も。この時、山が揺らいだ——かのように思えた。

川の向こう側の動揺が、はっきりと伝わった。

蜂の巣をつついたような騒ぎとはこのことだ。退却、と声が、風に乗って聞こえてくる。

あっという間の出来事だった。

多少の炊事道具と火を残し、迦実国の兵は消えていた。

「……信じられません」

すぐ後ろに待機していた羽人の馬が、横に並ぶ。

「私もよ。……ちょっと、思ったより上手《うま》くいっちゃった」

神兵たちが、次々と森から出てくる。

鳥を一斉に羽ばたかせたのは山人で、音を出したのは神兵だった。

——明緋の作戦は、こうだ。

放った矢に結んでいたのは、なめした鹿革であった。点を四つ、焼きつけておいた。

那己彦は、明緋の考案した字が読める。

——四。

数字が示すものに、迦実国の皇子ならば気づくはずだ。

紫夕の情報によれば、第四皇子と第五皇子は犬猿の仲だとか。そこを、衝《つ》いた。

タマモヒメが、カミオヅチに裸で知らせたように。

明緋は神話をなぞり、第四皇子が兵を伏せている――と思わせたのだ。

集まった神兵たちは啞然《あぜん》としている。わけがわからなかっただろう。

明緋が敵陣の前に立ち、矢を射《う》った。そして鳥を飛び立たせただけで兵が去ったのだ。

あとには、ただ無人の川辺が広がるばかり。

この出来事は、彼らの口を経て、美宮へ。そして国中に届く。

「明緋様、お言葉を」

羽人に促され、明緋はゆったりとうなずいた。

「我が国を侵した兵は西へ去った。――これをもって、我が功とする」

明緋の言葉に、神兵たちは雷にでも打たれたように下馬し、平伏《ひれふ》した。

功とは、おのずと明らかになるものだ。

明緋はこの時、勝利を確信した。

――迦実国の兵は、消えた。

偶然とは続くもので、第四皇子は、第五皇子の軍の急な動きを、自身への奇襲と誤認したらしい。その日のうちに退却をはじめたそうだ。

その報せが入った頃、豊日国の斎庭では、新たな王《おおきみ》の即位式が行われていた。

終幕　王女の求婚

木漏れ日の中に、小ぶりな鹿角《しかづの》が揺れている。

馬の足元では、マシロの丸まった尾が揺れていた。

この三日ほどは、快晴が続いている。

この分では、長雨にもならないかもしれない。七年前の気候が繰り返されると、強く信じていた理由も、今となっては忘れてしまった。

明緋《あけひ》はゆっくりと、森の道を進んでいく。

岩を運んでいた神兵の一人が、明緋に気づいた。

すぐに、辺りにいた神兵たちが近づいてくる。

神兵のほとんどは、望んで試練ののちも普請に従事していた。半数程度は迦実国《かみこく》から来た兵士のようだが、一見しただけでは区別はつかない。

羽人《はねひと》に聞いたが、西から来た兵士たちは、豪族の子弟であったり、農夫、漁夫の子であったりと様々入り交じっているそうだ。ほとんどが、親の遺産を継げない、三男、四男、といった立場で、両親や兄たちに半ば売られるようにして国を出されたという。

勝利の絶望的な第八皇子の兵士となりながら、彼らは異国に安住の地を得たのだ。

山人たちも、普請を続けている。

ここに来る前に確認したが、すでに彼らのための集落はできていた。彼らは家族も招き、新たな暮らしをはじめていた。

「お帰りなさいませ」

「明緋様。お帰りをお待ちしておりました」

誰の顔にも、笑顔がある。

明緋は、自分の後ろに続く牛車を手で示した。

「王から酒を賜ったわ。今日はこの陽気だもの。ゆっくり飲まない？」

明緋の提案に、笑顔の種類が変わる。

さっそく杯が配られはじめた。

山人たちの姿もある。――ノイの顔も。

わいわいと杯を手に輪《わ》のできていく中、ノイはまっすぐに明緋に近づいてきた。

「……ごめんなさい、ノイ。痣持ちの禁忌を知らずに、貴女たちに近づいてしまった。知っていれば、決して同じことはしなかったわ。本当に、ごめんなさい」

ノイは、ゆっくりと首を横に振った。

「最初に、姫様が母さんを助けた。禍《わざわい》だったら、あんなことはしない。キキの病を薬で救ってくれたこともちゃんと覚えてる。……今、アタシとキキが生きているのは、姫様と皇子様のお陰だ。……悪かった。皆のことも助けてくれた。ありがとう」

ノイの謝罪と感謝に、今度は明緋が首を横に振る。

「たくさんのことを教えてもらったわ。私は、まだ恩返しができてない」

「姫様がアタシに導かれたなら、アタシも姫様に導かれた。そういうものだ。――あの皇子様だって、同じだよ」

ノイが示した先に、小柄な男の姿が見えた。

息を切らせ、頬を染めた様に、胸がいっぱいになる。

明緋は駆け寄ろうとして――

「遅いぞ！　明緋！　俺がどんな思いでこの半月を過ごしたと思っている！」

足を止めていた。再会の情緒も吹き飛ぶ。

これはしつこく詰《なじ》られそうだ。思わず後ずさった。

「那己彦《なみひこ》……ちょっと待って。聞いてちょうだい」

「貴久良《たかくら》からの熱烈な求婚ぶりが、毎日耳に入っていたぞ！」

「そこは事実だけど。求婚は罪にはならない。──はずよね？」

近くにいた神兵に聞けば、青年は「左様でございます」と大真面目に答えた。

とはいえ──王となった貴久良からの求婚は、なかなかのものだった。

朝起きては求婚。昼餉《ひるげ》ののちに求婚。夕にも求婚。一日中、床に頭をつける勢いで求婚してきた。もう、東部では女が求婚するもの、とは言えそうにない。

「何度、美宮《うつくしのみや》に迎えに行こうとしたことか！」

那己彦の横にいた羽人が「美宮と逆方向に行こうとするので、止めるのが大変でした」と言えば、あたりでドッと笑いが起きる。

「きちんと、お断りしてきたわ」

「──『妹背《いもせ》の約束をした人がいる』と言ったとか。この山にまで聞こえてきたぞ。王の求婚でさえ気が気ではなかったのに。あんまりだ。話が違う！　死者とは結ばれないぞ」

相変わらずの恨み節である。まだ、堅久良《かたくら》のことを根に持っているらしい。

堅久良が、もし生きていても、答えは変わらなかった。明緋は彼を選ばない。今は悼む気持ちがあるばかりだ。

「心に決めた人がいるのは本当よ。もう、私は正しく選んだの」

周りにいる全員が、明緋の言葉の意味を理解している。

にこにこと酒を飲みつつ、二人を温かく見守っていた。

「そうか……やはり、そうか」

ここで落胆のため息をつきだした那己彦に、輪になって集まった全員が——物に動じない羽人でさえ——ぎょっとしていた。

こそり、と「方向がわからんだけじゃないらしい」と声が聞こえた。明緋も同じ感想を持った。驚くべき鈍感さだ。

「そんなことより、せっかくの再会だもの。貴方《あなた》の英雄譚《たん》を聞かせてほしいわ」

「いや、貴女《あなた》の話の方が先だ。譲らんぞ。まだ貴久良の件も納得してないからな」

ふん、と鼻息も荒く那己彦は言った。

（まったく、呆《あき》れた鈍さね！）

貴久良の求婚を断り、贈られた青い領巾《ひれ》ばかりか宝剣まで身につけ、なんの約束もなかったはずのこの場所に来たというのに。

明緋は、ややこしい話を後回しにして、この半月の出来事をかいつまんで話した。

一番時間をかけたのは、紫夕《しゆう》の処遇だ。

貴久良は、堅久良暗殺に関わった者を徹底的に炙《あぶ》りだし、全員を処刑した。

そして、紫夕を生贄《いけにえ》としてノテ川に入水《じゅすい》させる——と言いだしたのだ。

明緋は止めた。

生贄が、鹿ならばいい。悪人ならばいい。そんな理屈を通すわけにはいかなかった。たとえ、それが憎い妹であっても。

斎長《いつきおさ》、斎人《いつきびと》、学者。様々な人々と多くの時間をかけて話しあった。

その結果、紫夕はミジウに送られることとなった。

キリとホノカも、その数日前にミジウに送られている。二人は従姉妹《いとこ》だったそうだ。

ノジク将軍は、第五皇子の撤退に同行し、国を捨てた。家族は置き去りにされ、将軍の妻は自害。キリたちも、白犬の殺害から、試練に勝つための策略などをあっさりと自白したという。

果たすべき役目を終えた別れ際、貴久良がこんな話をした。

――兄から聞いた話だが……古くは、祭りの競射《きょうしゃ》で一番の射手《いて》を国外に放逐していたという。より強い者を国外に出せば、多くの富を持ち帰ってくるからだそうだ。迦実国の試練と同じ理屈だな。そんな話があるか、とその時は思ったものだが……今はソハヤヒメの神話も、そうした風習の一例であったのかもしれないと思っている。我がソハヤヒメ。貴女は、この国に多くの益をもたらした。心から感謝する。

明緋は「新王の御代《みよ》に、栄えあれ」と寿《ことほ》ぎと、美宮の警備について忠告したのち都を去り――今に至る。

簡単に説明をしたあと、明緋は「次は貴方の番よ」と那已彦をうながした。

杯が、こちらにも回ってくる。

「本当に、迦実国の軍は国に戻ったの？　まだ信じられないわ」

那已彦は、くいと杯を空け、清々《すがすが》しい笑顔を見せた。

「あぁ、去った。今から豊日国《とよひこく》を襲っていては、夏までに国へ戻れない。もともと、四の兄も、五の兄も、西部の小国を落としてはいるのだ。欲をかいて豊日国まで来ている。撤退は妥当な判断だと思うぞ」

内通者を使って手早く国を得るはずが、思いがけず手こずりそうなので撤退した――といったところか。あるいは、決死の覚悟で挑めば、あんな芝居などなくとも迦実国の皇子《おうじ》たちは帰っていったのかもしれないが――今となっては、確かめようもない。

「あんまり上手《うま》くいき過ぎて、今でも幻だったんじゃないかと思うわ」

「まったくだ。痛快だったぞ！　腹の立つ兄どもに一泡ふかせた。豊日国は焼けずに済み、堤作りも進んでいる。出会った日から、貴女は俺を正しく――おい、どこに行くんだ？」

周りにいた兵や山人《やまびと》が、一人、また一人と移動していく。

気をきかせてくれたらしい。最後に羽人が、ふたりの杯を満たしてから「ごゆっくり」

と頭を下げて去っていった。

気のきくマシロまで、ノイの後ろについていく。

森の中、二人きり。あとは酒杯と瓶子《へいじ》だけだ。

「……美宮の蔵から、好きなものを持っていっていい――と貴久良が言ったの」

「ほぅ。豪勢だな」

むすりと那己彦は、唇を尖《とが》らせている。

予想どおりの態度だ。年齢も知らない仲だが、この反応は読めていた。

「儀式での生贄を廃してほしい、と伝えたわ。大蛇《おろち》の痣《あざ》の呪いは、堤のために石を十個運べば免れる――そう則《のり》で定めてほしいって。本当はすべて撤廃したかったのだけど、学者たちとも相談して、段階を踏むべきとの判断になったの。生贄の代わりに、葦《あし》で編んだ人形を流すとか、今も斎人たちが案を出しあっているわ」

「同意する。急がぬ方が、かえって早く浸透するだろう」

「それでも是非にと言われたから、貴方に贈るものを探したの。……でも、蔵の中に、相応《ふさわ》しいものはなかったわ」

「なにも要らない。俺は今、とても満ち足りている」

導きの星は、互いに互いを導きあう。ノイの言ったとおりだ。

那己彦は明緋を導き、明緋は那己彦を導いた。この、自由な場所へと。

「私にとって、今、一番価値のあるものを贈りたいの」

明緋は、鹿角《しかづの》の冠を下ろした。

二人で手を携え、功を挙げた証《あか》しである。

なにひとつ持たぬ明緋にとって、誇るべき唯一のものだ。

差し出すと、那己彦は頭を少し下げて受け取った。

「光栄だ。……なるほど。たしかに稀《まれ》なる冠を得たな」

那己彦は、白い頬を赤くして笑んでいる。

これ以上ない功を示したつもりだが、通じていないらしい。

(まぁ、いいか。急ぐ話でもないし)

明緋は、杯を干した。

少し離れたあちこちから、歌が聞こえてきた。

こちらは東の歌。あちらは西部の歌だろうか。山人たちの笛と太鼓の音も交じる。

明緋が辺りに「通じなかったけど、話は済んだわ!」と報告すれば、散っていた人たちが、やれやれと苦笑しつつ集まり出す。「なんの話だ?」と那己彦は首を傾《かし》げていた。

そこから、宴《うたげ》がいっそう賑《にぎ》やかになる。

親に捨てられ、家族に見放され、あるいは虐げられ。国にまで捨てられた人々が、こうして穏やかな暮らしを得る。なんと美しい物語だろう。

明緋は目を細め、美しく幸せな光景に見惚《みほ》れた。酒も進む。

那己彦は、宴の半ばになると、神兵や山人一人一人の横に座り「ありがとう」「よく働いてくれた」「これからも堤を頼む」と言って回った。泣き上戸なのか、途中からは涙声になっていた。

そうして、明緋のもとに戻ってきた那己彦は「秘密にしていたことがある」と涙ながらに言い出した。そこで彼が、

「今まで黙っていたが……貴女より少し背が小さい」

と密《ひそ》やかな声で言ったものだから、皆は腹を抱えて笑い出す。

笑っては悪いと思いながら、明緋も笑ってしまった。

それから、那己彦とはずいぶんたくさんの話をしたのだが――

翌朝――

顔をあわせた途端、那己彦は背伸びをしていたので、昨夜の記憶は失われたらしい。

貴方の価値は、貴方の背丈では決まらない、とか。洞《うろ》だらけの大木よりもいい、とか。

昨夜はずいぶんいろいろと言ったが、忘れてしまったのだろう。

繰り返すのもどうかと思ったので、大事なことだけを伝えることにした。

「この堤が落ち着いたら、旅に出たいわ。行きたいところはある?」

「貴女の行くところならば、どこへでも」

酔って忘れただけあって、那己彦は昨夜と同じことを笑顔で言った。

笑いながら見上げた空は明るく澄んでいる。あの、出会いの日の朝のように。

六勾妹《むまがりのいも》は、雨を呼ぶ、と人はいうが。

彼と共に進む道は、とても晴れやかであるような気がした。

了

富士見L文庫

呪《のろ》われ姫《ひめ》の求婚《きゅうこん》
喜咲冬子《きさきとうこ》

2021年9月15日　初版発行

発行者　青柳昌行
発　行　株式会社 KADOKAWA
〒102-8177　東京都千代田区富士見2-13-3
電話　0570-002-301（ナビダイヤル）

印刷所　株式会社暁印刷
製本所　本間製本株式会社
装丁者　西村弘美

定価はカバーに表示してあります。　◇◇◇

●お問い合わせ
https://www.kadokawa.co.jp/（「お問い合わせ」へお進みください）
※内容によっては、お答えできない場合があります。
※サポートは日本国内のみとさせていただきます。
※ Japanese text only

ISBN 978-4-04-074232-8 C0193